COLLECTION POÉSIE

La planche de vivre

Poésies

RAIMBAUT DE VAQUEIRAS, PÉTRARQUE,
LOPE DE VEGA, SHAKESPEARE, BLAKE, SHELLEY,
KEATS, EMILY BRONTË, EMILY DICKINSON,
TIOUTCHEV, GOUMILEV, ANNA AKHMATOVA,
PASTERNAK, MANDELSTAM, MAÏAKOVSKI,
MARINA TSVÉTAEVA, HERNANDEZ.

Traductions de
René Char et Tina Jolas

nrf

GALLIMARD

Il ne vivait pas pour ses poèmes, il vivait par ses poèmes. Il voyait maintenant clairement que l'inspiration était la vie : il lui était donné avant la mort d'apprendre que la vie était l'inspiration et rien d'autre.

VARLAM CHALAMOV

Dans ces feuillets, notre rencontre n'a pas eu lieu à une saison de prédilection de la vie, mais sur l'horizon alternant. Chacun était là, guettant, secoué, sur la trajectoire de l'autre. Il n'y avait qu'à laisser se mouvoir l'ange dévêtu et fusant de couleurs parmi les linges de la lessive rincée de notre siècle épouvantable, et le vent, et le chant, et le providentiel accouru, pour jouer de bonheur avant le retour des craintes ! Ainsi la poésie devient-elle la plus onirique prêteuse qui soit. C'est un saut latéral qui projette sur nous Marina Tsvétaeva, et le rose cruel d'une bruyère arasée qui mène Emily Brontë à la mort pressante. Le parfait désir exige la réciprocité.

Ces poètes se sont retrouvés à nos côtés, se donnant et solidaires, alors que nous enjambions la ligne secrète commune au plaisir et à la souffrance, pour nous rapprocher de leur lecture. Une dure matrone se tenait à portée d'eux, tournant les pages, mais si pâle qu'elle était coupée de toute parole.

Fini le jeu qui servit de jusant aux civilisations exaltées, avides d'histoire. Voilà qui éclaire un peu la mer humaine en débat ! Après qu'une multitude de droits furent perdus et de poètes jetés au crime, comment rêver encore que le décor était planté et le brouillard à son second matin ?

R. C.

Raimbaut de Vaqueiras

AUBE

Guette bien   ô guetteur du château :
La plus belle entre toutes   et la plus rare
Est mienne   jusqu'à l'aube.
Le jour vient   sans qu'on l'appelle.
Jeu nouveau
M'ôte l'aube, l'aube, oui l'aube !

Guette, ami,   et veille et crie et clame,
Je possède   ce que plus je désire,
Mais m'encolère   contre l'aube,
Et surtout   le jour m'apporte
Déplaisir
Plus que l'aube, l'aube, oui l'aube !

Gardez-vous,   ô guetteur de la tour,
Du jaloux,   votre brutal seigneur,
Importun   plus que l'aube ;
Nous en bas   murmurons d'amour,
Grand'peur
Nous fait l'aube, l'aube, oui l'aube !

Dame adieu ! demeurer ne puis,
Contre mon gré il me faut bien partir ;
Mais tant hostile m'est l'aube
Quand si tôt je la vois gagner ;
Dessaisir
Nous veut l'aube, l'aube, oui l'aube !

Pétrarque

CLXXVI

SONNET

Par les bois sauvages et inhospitaliers
Où vont à grand risque les hommes en armes,
Je vais, moi, confiant, que rien n'effraie
Autre que le soleil, ses lances d'Amour vif.

Et je vais chantant (ô mes pensées peu sages !)
Celle que le ciel ne peut faire lointaine,
Car je l'ai dans les yeux, et je crois voir près d'elle
Dames et demoiselles, ce sont sapins et hêtres.

Est-ce l'entendre, j'entends la ramure et la brise mineure,
Et le feuillage et les oiseaux se plaindre, et les eaux
En murmure fuir par l'herbe verte.

Rarement le silence, la solitaire horreur
D'une ombreuse forêt à ce point m'enchanta ;
Mais bien trop de mon soleil s'y perd.

XXII

SEXTINE

Pour tous les animaux qui peuplent la terre
Sauf pour quelques-uns qui ont l'horreur du soleil,
Le collier de misère dure autant que le jour ;
Mais lorsque le ciel s'embrase d'étoiles,
L'un rejoint son logis, l'autre gîte en forêt :
Reprendre haleine au moins jusques à l'aube.

Et moi, dès que se prend la belle aube
A secouer l'ombre d'alentour de la terre
Éveillant les animaux en chaque forêt,
Je ne cesse de soupirer sous le soleil ;
Puis, lorsque je vois brasiller les étoiles,
Pleurant je vais, ayant désir du jour.

Quand le soir chasse le clair jour,
Et que notre nuit, à d'autres, porte l'aube,
Je regarde pensif les cruelles étoiles
Qui m'ont fait d'émotive terre,
Et je maudis le jour où j'ai vu le soleil
Qui me donna figure d'homme grandi en forêt.

Je ne crois pas qu'ait jamais pâturé en forêt
Bête sauvage aussi rogue, ou de nuit ou de jour,
Que Celle dont je désespère à l'ombre ou au soleil,
Sans que ne me gracie ni le premier sommeil ni l'aube ;
Car bien que je sois corps mortel et de terre,
Mon dur désir vient des étoiles.

Avant que je ne vous revienne, lumineuses étoiles,
Ou ne m'abîme là-bas en l'amoureuse forêt,
Laissant ce corps qui sera poudreuse terre,
Faîtes que je reçoive d'elle pitié qui en un seul jour
Réparera d'innombrables années ; et me comblera, avant l'aube,
Après qu'aura dévalé le soleil.

Que je sois avec elle dès le soleil passé,
Et que nul autre ne nous voie, hors les étoiles,
Une nuit seulement, et que jamais ne se répète l'aube ;
Et qu'elle ne se mue pas en verte forêt
Pour s'enfuir de mes bras, comme le jour
Où Apollon la poursuivit par toute la terre.

Mais je serai sous terre en l'aride forêt,
Et les jours iront, criblés d'infimes étoiles,
Avant qu'à une aube si douce ne touche le soleil.

Lope de Vega

LAISSE ACCOURIR MON SONNAILLER...

Majoral étranger, laisse accourir mon sonnailler
Puisque un autre tu as qui, tout autant, t'honore ;
Renonce à ce gage qu'en mon âme j'adore,
Perdu pour ton bien et pour mon malheur.

Passe-lui sa sonnaille d'étain façonné,
Et cesse de le jouer avec tes colliers d'or ;
En présent de retour, reçois ce taureau blanc,
Qui aura un an aux premières herbes.

Veux-tu de lui signes certains ? Il a le pelage
Brun cendré, crespelé, il a de tendres yeux
Comme ensommeillés d'une saveur de songe.

Si tu penses que je ne suis pas son maître, Alcino,
Laisse-le aller, et tu verras s'il ne vient à ma cassine
Où les mains du maître sont encore frottées de sel.

SONNAILLER, MON BIEN-CHÉRI...

Sonnailler, mon bien-chéri, qui mille fois
Êtes venu au sel là-bas, auprès de ce rocher,
Et dans ma main rude avez mis votre bouche
Et votre langue de giroflée,

Dans quelle âpre montagne vous êtes-vous fourvoyé
Pour que votre âme soit à ce point touchée de sauvagerie ?
Quelle fureur est coupable d'une si démente condition
Que vous en avez perdu raison et mémoire ?

Allez brouter l'anacardina afin qu'elle vous tire
De ce cruel et mercenaire sommeil,
Et ne buvez pas l'eau de l'oubli.

Ici est votre prairie, votre montagne et votre forêt,
Je suis votre pasteur et vous êtes mon maître,
Vous êtes mon troupeau et je suis votre égaré.

Shakespeare

SONNET LXV

Puisqu'il n'est cuivre, pierre, terre, ni mer illimitée,
Dont la dure mortalité ne jette bas le pouvoir,
Devant violence telle, comment beauté assurerait sa défense,
Elle dont l'action n'a pas plus de poids qu'une fleur ?
Comment, oh ! comment le souffle de miel de l'été tiendrait-il
Contre l'assaut dévastateur du bélier des jours,
Alors qu'il n'est pas rochers imprenables si éprouvés,
Ni portes de fer si résistantes, que le Temps ne les puisse ruiner ?
O effrayante méditation ! Hélas, où restera caché
Le meilleur joyau du Temps hors du coffre du Temps ?
Quelle main robuste pourra retenir Son pas précipité ?
Qui interdira sa mise à sac de la beauté ?
Oh ! personne, sinon le prodige ayant vertu
Que mon amour encore flamboie dans l'encre noire.

William Blake

CHANTS D'EXPÉRIENCE

INTRODUCTION

Écoute la voix du Barde !
Qui dit le Présent, le Passé, l'Avenir ;
Ses oreilles ont entendu
La Parole sacrée
Qui s'avançait parmi les anciennes futaies,

Appelant l'Âme déchue,
Et pleurant dans la rosée du soir ;
Elle, qui pourrait gouverner
Le pôle constellé
Et raviver la lumière, tombée, tombée !

« Ô Terre, Terre, reviens !
Hors de l'herbe humide, lève-toi !
La nuit s'épuise,
Et le matin surgit
De la masse ensommeillée.

« Ne te détourne plus :
Pourquoi te détournerais-tu ?
L'aire des étoiles,
La rive des eaux,
Te sont données jusqu'au point du jour. »

LE TIGRE

Tigre, Tigre, qui brûles et flamboies
Dans les forêts de la nuit,
Quelle main, quel œil immortel
A pu ourdir ta terrifiante symétrie ?

Dans quels abysses ou cieux distants
Brûlait le feu de tes yeux ?
Sur quelles ailes osa-t-il s'élever ?
Quelle main osa saisir ce feu ?

Et quelle épaule, et quel art
Purent tordre les fibres de ton cœur ?
Et lorsque ton cœur se mit à battre,
Quelle main redoutable ? Quels pieds redoutables ?

Quel fut le marteau ? Quelle fut la chaîne ?
Dans quel brasier était ton cerveau ?
Quelle fut l'enclume ? Quelle poigne redoutable
Osa pleine mainmise sur ses terreurs mortelles ?

Lorsque les étoiles jetèrent bas leurs lances,
Et baignèrent de larmes la voûte céleste,
Voyant son œuvre, a-t-il souri ?
Qui fit l'Agneau, est-ce lui qui te fit ?

Tigre, Tigre, qui brûles et flamboies
Dans les forêts de la nuit,
Quelle main, quel œil immortel
A pu ourdir ta terrifiante symétrie ?

Percy B. Shelley

À LA NUIT

Passe, impétueuse, sur la vague d'Occident,
Haleine de la Nuit !
Hors de la brumeuse caverne d'Orient,
Où tout le long jour solitaire
Tu as tissé des rêves de joie et de peur
Qui te font terrible et chère ;
Qu'impétueux soit ton essor !

Recouvre tes formes d'un manteau cendreux,
Ouvragé d'étoiles,
Aveugle les yeux du Jour avec tes cheveux,
Et baise-le jusqu'à ce qu'il soit recru,
Puis erre sur la terre et la mer et les rues,
Effleurant toute chose de ta baguette opiacée ;
Viens, tant-Désirée !

Lorsque me levant, je vis l'aurore,
Je soupirai après toi.
Lorsque la lumière chevauche en gloire, que la rosée s'évapore
Et que midi s'appesantit sur la fleur et sur l'arbre,

Et que s'attardant comme un hôte mal-aimé,
Le jour fourbu s'en va reposer,
Après toi, j'ai soupiré !

Ta sœur la Mort vint et me cria,
Me veux-tu, moi ?
Ton tendre enfant, le Sommeil aux yeux voilés,
Murmura comme l'abeille à l'heure de midi,
– Viendrai-je me blottir à ton côté ?
Me veux-tu, moi ? – Et je répondis,
Non, pas toi !

La Mort viendra, tu seras morte,
Tôt, trop tôt.
Le Sommeil viendra quand tu auras fui ;
À aucun ne sera demandée la faveur
Dont je te prie, Bien-Aimée, ô Nuit,
Que proche et prompte soit ta foulée ;
Viens tôt, bientôt !

1821

ADONAIS

Une Élégie sur la mort de John Keats

(FRAGMENTS)

VIII

Il ne s'éveillera plus, oh jamais plus ! –
En la chambre crépusculaire déjà gagne
L'ombre de la blanche Mort, et à la porte
La Corruption invisible attend pour tracer
L'ultime chemin jusqu'à sa sourde demeure.
La Faim éternelle guette, mais Pitié et Crainte
Apaisent sa pâle fureur, aussi n'ose-t-elle défigurer
Proie si belle, tant que les ténèbres et la Loi
Du changement n'ont, sur son sommeil, tiré le rideau mortel.

XXII

Il ne s'éveillera plus, oh jamais plus !
« Réveille-toi ! » crie la Douleur. « Mère sans enfant, surgis
De ton sommeil, et dans l'amande de ton cœur, étanche,
Par les larmes et les soupirs, une blessure plus terrible que la
  sienne. »
Et tous les Rêves qui épiaient les yeux d'Uranie,

Et tous les Échos maintenus, par le chant de leur sœur,
En un silence sacramentel, s'écrièrent : « Lève-toi ! »
Prompt comme une Pensée mordue par le serpent Mémoire,
De son repos d'ambroisie, la déclinante Splendeur s'élança.

XXIII

Elle se leva comme une Nuit d'automne qui jaillit
De l'Orient, et succède, morne et sauvage,
Au Jour doré, qui, sur des ailes éternelles,
Tel un spectre abandonnant le cercueil,
Laisse la Terre cadavre. Effroi et Douleur
Dès lors frappèrent Uranie, lors l'émurent, s'en saisirent ;
Proches d'elle s'attristant, l'entourèrent d'une aura
De brume orageuse ; et en chemin alors l'entraînèrent
Jusqu'au lieu funèbre où gisait Adonaïs.

XXXI

Parmi d'autres moins marquant, il en vint un. Frêle Créature,
Fantôme parmi les hommes ; sans compagnons
Comme le dernier nuage d'une tempête expirante
Qui a son tonnerre pour glas ; lui, me sembla-t-il,
Avait contemplé nue la beauté de la Nature,
Et maintenant, tel Actéon, il fuyait égaré,
À pas incertains, par les solitudes du monde,
Et ses propres pensées, sur ce chemin anfractueux,
Traquaient, meute furieuse, leur père et leur gibier.

XXXII

Esprit, comme le léopard, beau et rapide,
Amour masqué de désolation ; Puissance
Ceinte de faiblesse ; à peine peut-il soulever
Le poids de l'heure susjacente ;
C'est une lampe qui meurt, une averse qui tombe,
Une vague qui se fracasse ; – à l'instant où nous parlons
Ne s'est-elle point brisée ? Sur la fleur qui se fane
Brille le sourire meurtrier du soleil ; sur une joue
La vie peut brûler en sang alors que le cœur est en débris.

LV

Le souffle dont, par le chant, j'ai invoqué la toute-puissance,
Descend sur moi ; la barque de mon esprit est chassée
Loin du rivage, loin de la multitude vacillante
Dont les voiles n'ont jamais été offertes à la tempête ;
La terre compacte et le ciel voûté se sont fendus !
Je suis emporté au loin, dans les ténèbres et l'épouvante ;
Tandis que flambant à travers la taie la plus secrète des Cieux,
L'âme d'Adonaïs, comme une étoile,
Me jette ses feux, de là où sont les Éternels.

John Keats

ODE SUR LA MÉLANCOLIE

Non, non ne va pas au Léthé, ni ne tords
L'aconit aux racines nouées, pour son vin vénéneux,
Ni ne souffre sur ton front pâle le baiser
De la douce-amère, le raisin vermeil de Proserpine ;
Ne fais pas ton rosaire avec les baies de l'if,
Ne laisse pas le scarabée, ni la phalène de la mort
Devenir ta morne Psyché, ni la chouette duveteuse
S'associer aux inconnus de ton chagrin ;
Car l'ombre sur l'ombre se fera trop assoupissante
Et noiera l'angoisse en éveil de ton âme.

Mais lorsque l'accès de mélancolie fondra
Soudain du ciel comme une nuée en pleurs
Qui ranime toutes les fleurs alanguies
Et cache la verte colline dans un linceul d'avril,
Alors assouvis ton chagrin sur une rose du matin
Ou sur l'arc-en-ciel de la grève salée,
Ou sur l'orbe des pivoines fastueuses.
Ou si ton amante montre un riche courroux,
Laisse-la extravaguer, et emprisonne sa douce main,
Contente ta faim jusqu'à la plénitude de ses yeux incomparables.

Elle demeure avec la Beauté – la Beauté qui doit mourir,
Et la Joie qui porte toujours la main aux lèvres
En signe d'adieu ; et proche du plaisir poignant,
Qui sitôt que l'abeille boit se change en poison ;
Oui, dans le temple même de la jouissance,
La mélancolie voilée a son autel souverain,
Bien que nul ne l'aperçoive, hors celui dont la forte langue
Peut écraser le raisin de la Joie contre son palais délicat ;
Son âme goûtera la tristesse de sa toute-puissance,
Et elle flottera parmi ses trophées nuageux.

... J'ai été conduit à ces pensées, mon cher Reynolds, par la beauté du matin agissant sur un sentiment d'Indolence. Je n'ai lu aucun Livre – le Matin m'a donné raison – je ne songeais qu'au Matin, et la Grive m'a donné raison, qui peut-être disait,

O toi dont le visage a éprouvé le vent d'Hiver,
Dont l'œil a vu les nuages de neige flottant dans la brume,
Et les noires cimes des ormes parmi les étoiles glacées,
Pour toi le Printemps sera le temps de moisson.
Toi, dont l'unique livre fut la lumière
Des suprêmes ténèbres, sur lesquelles tu t'es nourri
Nuit après nuit, lorsque Phoebus était au loin,
Pour toi le Printemps sera par trois fois matinal.
Ne soupire pas après le savoir ! – je n'en ai pas,
Et cependant mon chant vient à la vie avec la chaleur.
Ne soupire pas après le savoir ! – je n'en ai pas,
Et pourtant le Soir écoute. Celui qu'attriste
La pensée de l'oisiveté ne peut être oisif,
Et tel est éveillé qui se croit endormi.

A John Hamilton Reynolds,
le 19 février 1818

ASTRE BRILLANT...

Astre brillant ! Que ne suis-je assujetti comme tu l'es –
  Non point en splendeur solitaire suspendu au faîte de la nuit,
Et les paupières éternelles, entr'ouvertes, fixant,
  Tel l'Ermite de la Nature, constant, insomnieux,
Les eaux mouvantes en leur besogne sacramentelle
  D'ablution pure autour des humaines rives de la terre ;
Ou contemplant le doux masque de neige nouvelle
  Sur les monts et sur les landes –
Non ! Et pourtant assujetti, et inébranlable toujours,
  Appuyé sur le sein mûrissant de ma très-belle,
Sentir à jamais sa douce crue et décrue,
  M'éveiller pour toujours dans une agitation heureuse,
Toujours, toujours entendre son souffle aimant exhalé,
  Et vivre ainsi, à jamais – ou bien sombrer, mourir.

Emily Brontë

LA NUIT AUTOUR DE MOI...

La nuit autour de moi se fait plus obscure,
Les vents sauvages soufflent, plus froids,
Mais un charme tout-puissant me lie,
Et partir, partir, je ne le peux.

Les arbres géants abaissent
Leurs branches nues, pesantes de neige,
Et la tempête va grande erre,
Et cependant je ne puis partir.

Nuages au delà, nuages au-dessus de moi,
Solitudes au delà, solitudes plus bas,
Mais nulle désolation ne peut m'émouvoir,
Je ne veux pas, je ne peux pas partir.

Novembre 1837

AH ! LE VOICI, IL ÉVEILLE CE SOIR...

Ah ! le voici, il éveille ce soir
Les tendres pensées qui ne veulent pas mourir,
Et les feux du sentiment flambent aussi clair
Qu'en ces années qui ne sont plus.

Et je peux voir par ta joue altérée,
Par ton regard qui s'embrase,
Et par le mot à peine prononcé,
Combien follement l'imagination joue.

Oui, je pourrais jurer que ce vent splendide
A balayé le monde au loin,
A pulvérisé son souvenir en ton cœur,
Comme les clochettes d'écume à la crête du jusant.

Et tu es maintenant un esprit épanchant
Ta présence en toute chose,
L'essence de la Tempête qui mugit
Et de la Tempête qui retombe.

Une influence universelle
Délivrée de ton ascendant même,
Un principe de vie intense
Dispensée de la condition mortelle.

Et lorsque ce sein froidira,
Ton âme prisonnière se lèvera,
Le donjon se mêlera à l'humus,
La captive aux cieux.

Le 6 juillet 1841

Emily Dickinson

MIEN...

Mien, en vertu de la blanche élection !
Mien par sceau royal !
Mien par le signe dans l'écarlate prison
Que les barreaux ne peuvent dissimuler !

Mien, ici dans la vision et l'interdit !
Mien, titré, confirmé
Par la révocation du tombeau, – délirant privilège !
Mien, et vont les ans !

ON NE BRISE PAS LE CŒUR...

On ne brise pas le cœur avec un gourdin,
Non plus qu'avec une pierre ;
Un fouet, éclair minime,
Je l'ai vu
Cingler l'être magique
Jusqu'à ce qu'il tombe ;
Trop noble pourtant, pour dire
De ce fouet le nom.

Magnanime est l'oiseau,
Surpris par l'enfant,
Qui chante la pierre
Dont il meurt.

MA BARQUE...

Ma barque s'est-elle brisée en mer,
Crie-t-elle sa peur sous le vent,
Ou docile a-t-elle hissé sa voile,
Pour des îles enchantées ;

A quel mystique mouillage
Est-elle aujourd'hui retenue, –
Ça c'est affaire de regard
Là-bas au loin sur la baie.

Théodore Tioutchev

UNE VISION

Il est une heure de la nuit où le monde se tait,
Et durant cette heure de prodiges et d'offrandes
Le char volcanien de l'univers
Roule à découvert dans le sanctuaire des cieux.

Alors, chaos sur les eaux, la nuit se fait plus compacte ;
La conscience oblitérée, tel Atlas, presse la terre noire,
Et seule l'âme virginale de la Muse
Est agitée par les dieux, de songes qui prophétisent !

LA FOLIE

Là où la voûte céleste
Se mêle, telle une fumée, à la terre calcinée,
Là, dans une insouciance joyeuse,
Vit la Folie misérable.

Sous les rayons incandescents,
Enfouie dans les sables incendiés,
Elle cherche avec des yeux vitreux,
Quelque chose dans les nuages.

La voilà qui soudain tressaille et, en éveil,
Embrassant la terre pourfendue,
D'une oreille avide, elle écoute,
Avec au visage un contentement secret.

Elle entend, croit-elle, se ruer le flot,
Elle entend filer l'aigue souterraine,
Son endormeuse rumeur,
Son fracas au débouché de la terre.

1830

Nicolas Goumilev

NOUS AVONS OUBLIÉ...

Nous avons oublié que le mot seul
Brillait radieux sur la terre bouleversée,
Et que dans l'Évangile de saint Jean
Il est écrit que le mot est Dieu.

Et nous avons ramené son champ
Aux indigentes limites de ce monde,
Et comme des abeilles mortes dans une ruche vide,
Morts, les mots exhalent une odeur vireuse.

LE GUERRIER D'AGAMEMNON

Une étrange et terrible question
Oppresse mon âme agitée,
Vivre, le peut-on, lorsque est mort le fils d'Atrée,
Mort sur un lit de roses ?

Tout ce que nous avons, toujours, partout, rêvé,
Notre désir et notre effroi,
Tout se reflétait, comme en eau pure,
Dans ses prunelles apaisées.

De ses muscles émanait un pouvoir indicible,
Et de la courbure de ses genoux, une fable ;
Il était beau comme un nuage, le seigneur
De Mycène où paresse l'or.

Qui suis-je ? Un fragment d'outrages anciens,
Un javelot chu dans l'herbe,
Il est mort, le meneur de peuples, l'Atride,
Et moi, homme de rien, je vis.

La transparence des lacs profonds me hale,
L'aube épie, grosse de reproches.
Dur, dur opprobre que de vivre
Lorsqu'on a perdu son roi !

1910

Anna Akhmatova

LA FEMME DE LOTH

Massif et éblouissant, le Juste suivait
L'envoyé de Dieu sur les hauteurs obscures,
Mais en sa femme parlait, souveraine, l'angoisse –
Il n'est pas trop tard, tu peux entrevoir encore

Les tours écarlates de ta Sodome natale
La place où tu chantais, la cour où tu filais,
Les fenêtres nues de la haute demeure
Où tu as joui de ton amour, où tu as enfanté.

Elle jeta un regard, et rivés par une douleur mortelle
Ses yeux cessèrent de voir ;
Son corps devint de sel transparent,
Ses pieds rapides s'enracinèrent au sol.

Qui pleurera sur cette femme ?
De tout ce qu'on nous a pris, n'est-ce pas le moindre ?
Pourtant mon cœur jamais n'oubliera
Celle qui, pour un regard, donna sa vie.

24 février 1924

Boris Pasternak

VENT

(QUATRE FRAGMENTS À PROPOS DE BLOK)

À qui accordera-t-on vie et louange,
Qui sera tenu pour mort et réprouvé,
Cela n'est connu que
De nos puissants sycophantes.

Saurait-on même,
Sans leurs doctes discours
Qui font la lumière sur toute chose,
S'il convient d'honorer Pouchkine ?

Mais Blok, Dieu merci, est autre,
Une autre affaire, heureusement,
Il n'est pas venu à nous du Sinaï,
Il ne nous a pas pris pour fils.

Illustre non point selon un programme,
Et, hors de toute école ou système, éternel,
Il n'a pas été fabriqué,
Ni imposé par personne.

*

Il est comme le vent en tempête. Comme le vent
Qui menait grand bruit sur les terres en ces jours
Où Fil'ka le postillon galopait
En tête d'un attelage de six.

Vivait encore le grand-père jacobin
Le radical au cœur pur,
Et ne lui cède pas d'un pouce
Son véloce petit-fils.

Ce vent qui pénètre sous les côtes
Et dans l'âme, il fut nommé au cours des ans
Dans ses vers, et chanté,
En mauvaise part et en bonne.

Ce vent est partout. Dans la maison,
Les arbres, le village, la pluie,
Dans les poèmes du troisième tome,
Dans « Les Douze », dans la mort, là et là encore.

*

Ample, ample, amplement,
Se déploient rivière et prairie.
C'est le temps des foins, du travail en commun,
On peine, on s'affaire de toutes parts.
Les faucheurs n'ont pas loisir
De jeter un regard par-delà le coude de la rivière.
Il prit à Blok envie de faucher.
Le jeune seigneur saisit la faux :
D'un coup gauche, il a quasiment blessé un hérisson,
Il a tranché deux vipères.

Mais il n'achève pas la leçon.
Reproches : paresseux, fainéant.
O enfance ! O soucis d'écolier !
O chansons des servantes et des faucheurs !

Sur le soir, les nuages noirs à l'est,
Le ciel qui se couvre au nord et au sud,
Et un vent féroce, hors saison,
Qui s'engouffre et fouette soudain
La lame des faucheurs, la grande herbe des talus,
Les fourrés épineux au méandre de la rivière.

O enfance ! O soucis d'écolier !
O chansons des servantes et des faucheurs !
Ample, ample, amplement,
Rivières et prairies se déploient.

*

L'horizon funeste et subit,
Et l'aube tuméfiée,
Comme les traces non cicatrisées d'éraflures,
Et le sang sur les jambes des faucheurs.

Innombrables sont les entailles du ciel,
Signes avant-coureurs de tempête et de malheur,
Et le remugle des marais,
D'eau, de fer, de rouille.

Sur le chemin, dans les bois, le ravin,
Le village et le bourg,

Ces zébrures dans les nuées,
Présages d'orage sur terre.

Quand au-dessus de la grande capitale
Les parages du ciel sont à ce point pourpres et rouillés,
Quelque chose arrivera aux puissants,
L'ouragan saisira le pays.

Blok aperçut dans le ciel la faille,
L'horizon lui promettait
Une fureur, l'intempérie,
La terrible tourmente, le cyclone.

Blok attendait cette tourmente, le séisme.
Leurs brandons enflammés,
La peur et la soif du dénouement
Se lisent dans sa vie, dans ses vers.

Été 1956

Ossip Mandelstam

CE QUI A RÉSISTÉ...

Ce qui a résisté – inalliable, inoxydable,
Brûle comme argent féminin.
Et le sobre travail argente
Le fer de la charrue, la voix du poète.

Voronej, janvier 1937

LE CRÉPUSCULE DE LA LIBERTÉ

Célébrons, frères, le crépuscule de la liberté,
L'illustre année crépusculaire.
Dans les eaux nocturnes, bouillonnantes,
On a mouillé l'épaisse forêt de rets.
Tu te lèves sur d'imperforables années,
O soleil, juge, peuple.

Célébrons, frères, la somme de destin
Qu'emporte le chef du peuple, en larmes,
Célébrons la somme crépusculaire du pouvoir,
Son oppression martyrisante.
Qui a un cœur, celui-là, ô Temps ! doit entendre
Aller par le fond ton vaisseau.

En légion guerrière
On a emmaillé les hirondelles ensemble – et voici
Disparu le soleil ; toute chose
S'agite, chuchote, vit ;
A travers les nasses, crépuscule caillé,
Le soleil a disparu et la terre est à flot.

Eh bien ! Tentons la manœuvre : l'énorme, maladroit,
Grinçant tour de gouvernail.
Vogue la terre. Hommes, faites votre métier d'homme.
Comme avec une charrue, divisant l'océan,
Nous nous souviendrons jusque dans le Lethé glacial
Que la terre nous a coûté dix ciels.

Moscou, mai 1918

SŒURS...

Sœurs – pesanteur et tendresse – vous avez mêmes signes.
Abeilles et guêpes sucent la lourde rose.
L'homme agonise, le sable brûlant fraîchit,
Et sur une noire civière, on porte le soleil d'hier.

O lourds rayons de miel, tendres rets,
La pierre est plus légère à soulever que ton nom à redire !
Au monde un seul souci me reste,
Un souci d'or : comment fixer à soi la charge du temps ?

Je bois, eau assombrie, l'air qui s'est brouillé.
La charrue laboure le temps et la rose fut terre.
En un lent tourbillon, roses lourdes, tendres,
Les roses, pesanteur et tendresse en double couronne ont tressé.

Koktebel, mars 1920

PRENDS, POUR TA JOIE...

Prends, pour ta joie, de la paume de mes mains
Un peu de soleil et un peu de miel,
Comme nous l'enjoignirent les abeilles de Perséphone.

On ne peut détacher la barque à demi immergée,
On ne peut entendre l'ombre chaussée de fourrure,
On ne peut vaincre l'effroi, dans une vie comme en forêt.

Ne nous restent que les baisers,
Velus, comme de petites abeilles
Qui meurent, tôt envolées de la ruche.

Elles bruissent dans le sous-bois translucide de la nuit,
Leur patrie est la forêt sommeilleuse du Taygète,
Leur nourriture : le temps, la luzerne, la menthe.

Prends donc, pour ta joie, mon cadeau sauvage,
Ce collier sec, ce collier sans lumière
D'abeilles mortes, miel changé en soleil.

Novembre, 1920

JE ME LAVAIS DE NUIT...

Je me lavais de nuit dans la cour –
Le firmament brillait d'étoiles rêches.
Rayon de l'étoile comme du sel sur la hache,
Pleine à ras bords refroidissait la cuve.

On a verrouillé le portail,
Et la terre, en conscience, est rude, –
Où trouver substance plus pure
Que la vérité écrue de la toile fraîche ?

Pareille au sel l'étoile fond dans la cuve,
Et l'eau froide devient plus noire,
Plus pure la mort, plus salé le malheur,
Et la terre plus vraie, plus épouvantable.

1921

PAR L'ÉCHELLE ACCOTÉE...

Par l'échelle accotée,
Je suis monté au fenil ébouriffé,
J'ai respiré la vermoulure des étoiles laiteuses,
La bourre de l'espace, j'ai respiré.

Et j'ai songé : pourquoi éveiller
L'essaim des longues résonances ?
Et prendre au filet de cette chicane sans fin,
La prodigieuse harmonie éolienne ?

Il y a sept étoiles dans la Grande Ourse,
Et sur terre, cinq bons sens.
S'enflent et bruissent les ténèbres,
S'accroissent et bruissent encore.

L'énorme ridelle dételée
Se hérisse par le travers du monde,
Et l'antique chaos du fenil,
Fourmille, poudroie.

Ne sont pas nôtres, ces écailles que nous froissons.
À contre-poil, nous chantons le monde ;
Nous fabriquons une lyre, comme si nous avions hâte
Que nous recouvre l'hirsute toison.

Les faucheurs rapportent
Les chardonnerets tombés du nid, –
Je m'échapperai de ces lignes brûlantes
Et je reviendrai à mes sonorités natives,

Afin que le lacet rose du sang
Et le timbre mutilé de l'herbe,
Se dessaisissent – l'un s'affermissant,
L'autre plongeant dans un songe abstrus.

1922

NE DIS RIEN À PERSONNE...

Ne dis rien à personne.
Tout ce que tu as vu, oublie,
L'oiseau, la vieille femme, la prison,
Et autres choses encore...

Sinon à peine entr'ouvriras-tu les lèvres,
Que tu seras pris de frissons,
Le léger frisson du sapin
À l'approche du jour.

Tu te rappelleras les guêpes dans la masure champêtre ;
Et taché d'encre, le plumier des enfants,
Ou les noires airelles dans la forêt,
Qui jamais ne sont cueillies.

Tiflis, octobre 1930

GARDE À JAMAIS SAUVE...

A Anna Akhmatova

Garde à jamais sauve ma parole pour son arrière-goût de malheur et de fumée,
Pour la résine de commune endurance, pour le probe goudron du travail.
L'eau dans les puits de Novgorod nécessairement sera noire et liquoreuse
Pour qu'à Noël s'y reflète l'étoile aux sept nageoires.

En retour, père mien, mon ami, mon aide de rudesse,
Je – frère méconnu, mis hors la loi du cercle de son peuple –
Promets de construire des puits coiffés d'une charpente si robuste
Que les Tatars puissent y descendre les princes dans un bac.

Si seulement m'aimaient ces échafauds de la nuit des temps !
Comme, visant la mort, on abat les quilles dans le jardin,
Prêt à passer, le suis-je, toute ma vie dans une chemise de fer,
Et pour le supplice, ainsi qu'au temps de Pierre, en forêt j'irai couper le manche de la hache.

Kmelnitzkaïa, 3 mai 1931

FRAGMENT IV

Je ne suis plus un enfant.
                                        Toi, tombeau,
Ne te mêle pas d'instruire le bossu – Tais-toi !
Que la voûte du palais devienne la voûte céleste,
Que les lèvres se craquellent comme l'argile rose :
Je parle pour tous avec une force telle !

Moscou, 6 juin 1931

TES ÉTROITES ÉPAULES...

Tes étroites épaules sous les coups rougiront,
Sous les coups rougiront, dans la neige flamboieront.

Tes mains enfantines soulèveront les fers,
Elles soulèveront les fers et tresseront les cordes.

Tes pieds tendres, à nu sur le verre,
À nu sur le verre, iront par le sable ensanglanté.

Et moi pour toi – comme une chandelle noire je brûlerai,
Comme une chandelle noire je brûlerai, interdit de prière.

1934

LE CHER LEVAIN DU MONDE...

Le cher levain du monde –
Les bruits, les larmes, les travaux –
L'épellation par les pluies
Du malheur qui bouillonne,
Et les sonorités perdues,
Quel minerai nous les rendra ?

Dans ta miséreuse mémoire
Tu sens les premières ravines
Pleines d'eau cuivreuse,
Et tu les suis à la trace,
Toi à toi-même hostile, inconnu,
Tout ensemble l'aveugle et son guide.

Voronej, 12-18 janvier 1937

JE CHANTE QUAND MA GORGE EST MOITE...

Je chante quand ma gorge est moite, mon âme sèche,
Et tant que mon regard est humide, que ma conscience
  est sans rouerie.
Le vin est-il bon ? Et les outres bonnes à l'usage ?
Et bonne dans le sang, la fiévreuse Colchide ?
Mais se serre ma poitrine, cesse la parole, silence :
Chante mon souffle, – déjà ce n'est pas moi qui chante ;
L'ouïe dans le fourreau des monts, la tête sourde...

Le chant pour rien est célébration de lui-même :
Consolation pour les amis, bitume pour les ennemis.

Chant qui n'a qu'un œil, chant qui jaillit de la mousse,
Don univoque des façons d'aller du chasseur,
Chant que l'on lance à cheval, et par les hauts monts,
En se gardant le souffle hardi et inventif,
Soucieux seulement, pour l'honneur et la rigueur,
De conduire le jeune couple, pur de tout mal, à ses noces.

Voronej, 8 février 1937

SUR LA TERRE NUE...

[À NATACHA STEMPEL]

Sur la terre nue, par force, claudicante
Elle va, de sa douce démarche heurtée,
Précédant de peu sa rapide compagne
Et le jeune homme à peine son aîné.
L'emporte cette liberté réduite
D'un corps infirme, qui est souffle d'âme ;
Et dans son mouvement, il semble que veuille s'attarder
Le clair soupçon –
Que cette saison printanière
Est, pour nous, Mère de la voûte du tombeau :
Ce qui ici commence éternellement sera.

Il est des femmes proches parentes de la terre humide,
Et chacun de leurs pas est un sanglot sonore.
Convoyer les morts, et, les premières,
Accueillir les ressuscités, est leur vocation.
Crime que de souhaiter d'elles des caresses ;
Au-dessus de nos forces est de nous en séparer.
Ange aujourd'hui – demain ver dans la tombe,
Après-demain, tout juste un contour.

Cette foulée qui fut, ne sera pas rejointe.
Les fleurs ne rencontrent pas la mort. Tout le ciel est sauf.
Et cela qui sera, seulement promesse.

Voronej, 4 mai 1937

Vladimir Maïakovski

FRAGMENTS PRIS DANS LE DERNIER CARNET

Deux heures déjà !
            Sans doute es-tu couchée ;
Ou, peut-être,
            il en va pour toi comme pour moi ;
Je ne suis pas pressé.
            Et par un télégramme-éclair,
À quoi bon t'éveiller,
                        t'agiter ?

La mer se retire,
La mer s'assoupit,
L'incident, comme on dit, est clos.
La barque de l'amour s'est brisée contre la vie courante.
Toi et moi sommes quittes.
Et pourquoi dresser l'inventaire
D'un mal déchirant, des offenses réciproques ?

Deux heures déjà ! Sans doute es-tu couchée ;
S'argente la Voie Lactée comme la rivière Oka.

O toi, regarde, quel silence en ce monde :
La nuit munificente obligeant son ciel à tant d'étoiles.

Je sais le pouvoir des mots et je sais le tocsin des mots.

Ce n'est rien,
Quelque pétale emporté sous le talon du danseur.
Mais l'homme avec son âme, ses dents, ses os...

1930

Marina Tsvétaeva

PSYCHÉ

Je reviens à la maison, non pour tromper
Ni pour servir – je n'ai pas besoin de pain.
Je suis ta passion, ta renouée du dimanche,
Ton septième ciel et ton septième jour.

Sur la terre, là-bas, on me donnait des sous,
On m'accrochait des meules de pierre au cou.
– Mon amour ! Est-ce possible que nous ayons vue distincte ?
Je suis ton hirondelle, ta Psyché.

Pour toi, mon très-chéri, des guenilles
Qui furent autrefois tendre chair,
Toutes ruinées, toutes lacérées,
Ne resteraient seulement que deux ailes ?

Revêts-moi de ta splendeur,
Sauve-moi, par pitié ;
Et les pauvres hardes poudreuses,
Porte-les à la sacristie.

13 mai 1918

L'UN EST FAIT DE PIERRE...

L'un est fait de pierre, l'autre d'argile,
Et moi je m'argente, je brasille,
Varier est mon affaire, Marina mon nom,
Moi périssable écume de la mer.

L'un est fait d'argile, l'autre de chair,
Pour eux, les cercueils, les dalles funéraires,
Au baptistère marin, je fus ondoyée. Et
Dans mon envolée, constamment rompue !

À travers tous les cœurs, à travers tous les rets,
Ma libre volonté se fraye un passage.
De moi – vois ces boucles ébouriffées –
Tu ne feras pas sel terrestre.

Je me brise contre vos genoux de granit,
Et à chaque vague, je resurgis !
Salut à toi, l'écume, la joyeuse écume,
Très haute écume de la mer !

23 mai 1920

MOURANTE, JE NE DIRAI PAS...

Mourante, je ne dirai pas : *j'ai été !*
Je ne geindrai pas, ne chercherai pas les coupables.
Il y a chose plus grave au monde
Qu'orage de passion, exploits d'amants.

Toi qui frappas de l'aile à mon sein,
Jeune garant de mon inspiration,
Je t'ordonne : *sois !*
À l'obéissance, je ne me déroberai pas.

30 juin 1918

ÂME, TU IGNORES...

Âme, tu ignores toute mesure,
Âme fustigée, âme mutilée,
Tu as le languir du fouet.
Âme qui accueille son bourreau,
Comme le papillon s'arrache à la chrysalide !
Qu'on ne brûle plus les sorciers,
Cette offense, tu ne peux la porter !
Fumant sous le cilice
Comme un haut brandon de résine,
Stridente hérétique,
– Sœur de Savonarole,
Âme, l'égale du bûcher !

1921

Miguel Hernandez

APRÈS AVOIR BÊCHÉ...

Après avoir bêché cette jachère,
Je me reposerai sur le chiendent
Et je boirai l'eau que sur la branche
La neige captive a collectée pour ma soif.

Je me sens tout le corps refait à neuf
Par le feu juteux qui l'enflamme,
Et la création aimée se répand
Tel un lit, sous ma grande fatigue.

Il prendra du repos le jardinier,
Il distraira ses peines combattues
Par le soleil salubre et le temps doux.

Une fois encore, courbant corps et main,
Je durerai sur la terre, persécuté
Par les ténèbres du dernier repos.

COMME LE TAUREAU...

Comme le taureau, je suis né pour le deuil
Et la douleur ; comme le taureau je suis marqué au fer
Dans le flanc, par un feu infernal,
Et, homme, par un fruit à l'aine.

Comme le taureau, je trouve très petit
Tout mon cœur démesuré,
Et le visage brûlant du baiser,
Comme le taureau à ton amour je le dispute.

Comme le taureau je grandis dans le châtiment,
La langue dans le cœur, je la tiens qui trempe
Et je porte au cou une tourmente sonore.

Comme le taureau je te suis et je te poursuis,
Et tu fais abandon de mon désir sur une épée,
Comme le taureau leurré, comme le taureau.

COMME JE RECUEILLE...

Comme je recueille à la fin du jour,
À coups de fronde et de dextérité,
Sur une pierre, le soleil qu'on ne voit,
Sa fleur déjà entrée en agonie,

Ainsi se recueille au fond de mon âme,
Par ce languir de mon désir
Encore pâturant, jamais reposant,
Ce qui demeure toujours de ma joie :

Une douleur dernière, comme la terre,
Comme la fleur de fève claire-obscure,
Comme l'ortie hostile et courroucée,

Indomptable et cruelle comme monts déchirés,
Comme l'eau de l'hiver opiniâtre et pure,
Comme le rien éternel et secret.

En hommage à Pierre Jean Jouve, nous donnons ici sa traduction du grand poème de Hölderlin, Diotima de l'au-delà. *Nous remercions Pierre Klossowski présent à ses côtés.*

Friedrich Hölderlin

DIOTIMA DE L'AU-DELÀ

Si du lointain, puisque nous sommes séparés,
Je te suis reconnaissable encore, le passé
O toi qui as eu part à mes souffrances !
Peut te manifester certain bienfait,

Dis alors, comment t'attend l'amie ?
Dans ces jardins, puisqu'après un horrible
Et sombre temps nous nous sommes trouvés ?
Près des fleuves du monde saint de l'origine.

Ceci je dois le dire, il y avait du bien
Dans ton regard lorsque dans le lointain
Tu t'es une fois retourné tout joyeux,
Homme toujours fermé, homme au très sombre

Aspect. Ainsi s'écoulèrent les heures,
Si tranquille était mon âme sur le vrai
Que moi, aussi séparée que je le fusse !
Oui ! je le reconnaissais, j'étais tienne.

C'est bien vrai ! et toute chose connue de moi
Comme tu veux la ramener à ma mémoire,
L'écrire avec des lettres, de même il arrive
Que je puisse dire aussi tout le passé.

Est-ce au printemps ? ou en été ? le rossignol
Avec un tendre chant vivait chez les oiseaux
Qui se trouvaient non loin dans le bosquet
Et les arbres par des odeurs nous entouraient.

Les allées claires, les bas buissons, les sables
Sur lesquels nous marchions, faisaient les fleurs plus gaies,
Et plus aimable l'hyacinthe
Ou la tulipe, la viole, l'œillet.

Sur les murs et murailles, vert, vert était le lierre,
Le bienheureux obscur des allées hautes. Souvent
Les soirs, les matins, là nous nous trouvions,
Parlant d'une chose et joyeux de nous voir.

Dans mes bras l'adolescent reprenait vie,
Abandonné encor, venu de la campagne
Qu'il me désignait avec mélancolie ;
Mais les noms aussi des endroits les plus rares

Et toute beauté, il les avait gardés,
Tout ce qui aux bienheureux rivages,
Pour moi précieux aussi, fleurit dans la patrie
Ou bien très caché, et d'un haut promontoire,

Où chacun peut apercevoir la Mer,
Mais aucun ne veut être. Aime surtout et pense
À celle qui toujours se réjouit encore
Car le jour enchanteur sur nous deux rayonna

Qui par des confidences, des pressions de mains
Commença, et qui nous unit. Mais ! ô malheur,
C'étaient de bien beaux jours.
Ensuite un triste crépuscule se produisit.

Que tu sois si solitaire en ce beau monde
Toujours tu me l'assures, Bien-aimé. Cela
Tu ne sais pourtant pas ....
....

TEXTE PRIMITIF

Raimbaut de Vaqueiras

I *Gaita be gaiteta del chastel,*
Quan la re que plus m'es bon e bel,
Ai a me trosqu'a l'alba.
E.l jorns ve e non l'apel.
Joc novel
*Mi tol l'*alba, l'alba, oc l'alba !

II *Gait', amics, e veilha e crida e bray,*
Qu'eu suy rics e so qu'eu plus voilh ai,
Mays enics sui de l'alba,
E.l destrics que.l jorn nos fai
Mi desplai
*Plus que l'*alba, l'alba, oc l'alba !

III *Gaitaz vos, gaiteta de la tor,*
Del gelos, vostre malvays seynor,
Enuios plus que l'alba,
Que za jos parlam d'amor.
Mas paor
*Nos fai l'*alba, l'alba, oc l'alba !

IV *Domn' a Deu !* *que non puis mais estar :*
Mal grat meu *m'en coven ad anar ;*
Mais tan greu *m'es de l'alba*
Que tan leu *la vei levar.*
Enganar
*Nos vol l'*alba, l'alba, oc l'alba !

Pétrarque

CLXXVI

Per mezz'i boschi inhospiti et selvaggi,
onde vanno a gran rischio uomini et arme,
vo securo io, ché non pò spaventarme
altri che 'l sol ch'à d'amor vivo i raggi ;

et vo cantando (o penser' miei non saggi !)
lei che 'l ciel non poria lontana farme,
ch'i' l'ò negli occhi, et veder seco parme
donne et donzelle, et sono abeti et faggi.

Parme d'udirla, udendo i rami et l'òre
et le frondi, et gli augei lagnarsi, et l'acque
mormorando fuggir per l'erba verde.

Raro un silentio, un solitario horrore
d'ombrosa selva mai tanto mi piacque :
se non che dal mio sol troppo si perde.

XXII

A qualunque animale alberga in terra,
se non se alquanti ch'ànno in odio il sole,
tempo da travagliare è quanto è 'l giorno ;
ma poi che 'l ciel accende le sue stelle,
qual torna a casa et qual s'anida in selva
per aver posa almeno infin a l'alba.

Et io, da che comincia la bella alba
a scuoter l'ombra intorno de la terra
svegliando gli animali in ogni selva,
non ò mai triegua di sospir' col sole ;
poi quand'io veggio fiammeggiar le stelle
vo lagrimando, et disïando il giorno.

Quando la sera scaccia il chiaro giorno,
et le tenebre nostre altrui fanno alba,
miro pensoso le crudeli stelle,
che m'ànno facto di sensibil terra ;
et maledico il dí ch'i' vidi 'l sole,
che mi fa in vista un huom nudrito in selva.

Non credo che pascesse mai per selva
sí aspra fera, o di nocte o di giorno,
come costei ch'i' piango a l'ombra e al sole ;

et non mi stancha primo sonno od alba :
ché, ben ch'i' sia mortal corpo di terra,
lo mio fermo desir vien da le stelle.

Prima ch'i' torni a voi, lucenti stelle,
o tomi giú ne l'amorosa selva,
lassando il corpo che fia trita terra,
vedess'io in lei pietà, che 'n un sol giorno
può ristorar molt'anni, e 'nanzi l'alba
puommi arichir dal tramontar del sole.

Con lei foss'io da che si parte il sole,
et non ci vedess'altri che le stelle,
sol una nocte, et mai non fosse l'alba ;
et non se transformasse in verde selva
per uscirmi di braccia, come il giorno
ch'Apollo la seguia qua giú per terra.

Ma io sarò sotterra in secca selva
e 'l giorno andrà pien di minute stelle
prima ch'a sí dolce alba arrivi il sole.

Lope de Vega

Suelta mi manso, mayoral extraño,
pues otro tienes de tu igual decoro ;
deja la prenda que en el alma adoro,
perdida por tu bien y por mi daño.

Ponle su esquila de labrado estaño,
y no le engañen tus collares de oro ;
toma en albricias este blanco toro,
que a las primeras hierbas cumple un año.

Si pides señas, tiene el vellocino
pardo encrespado, y los ojuelos tiene
como durmiendo en regalado sueño.

Si piensas que no soy su dueño, Alcino,
suelta y verásle si a mi choza viene,
que aun tienen sal las manos de su dueño.

Querido manso mio, que venistes
por sal mil veces junto aquella roca,
y en mi grosera mano vuestra boca
y vuestra lengua de clavel pusistes,

¿por qué montañas ásperas subistes
que tal selvatiquez el alma os toca ?
¿Qué furia os hizo condición tan loca
que la memoria y la razón perdistes ?

Paced la anacardina, porque os vuelva
de ese cruel e interesable sueño,
y no bebáis del agua del olvido.

Aqui está vuestra vega, monte y selva,
yo soy vuestro pastor y vos mi dueño,
vos mi ganado y yo vuestro perdido.

William Shakespeare

LXV

Since brass, nor stone, nor earth, nor boundless sea,
But sad mortality o'ersways their power,
How with this rage shall beauty hold a plea,
Whose action is no stronger than a flower ?
O ! how shall summer's honey breath hold out
Against the wrackful siege of battering days,
When rocks impregnable are not so stout,
Nor gates of steel so strong, but Time decays ?
O fearful meditation ! where, alack,
Shall Time's best jewel from Time's chest lie hid ?
Or what strong hand can hold his swift foot back ?
Or who his spoil of beauty can forbid ?
O ! none, unless this miracle have might,
That in black ink my love may still shine bright.

William Blake

SONGS OF EXPERIENCE

INTRODUCTION

Hear the voice of the Bard !
Who Present, Past, & Future, sees ;
Whose ears have heard
The Holy Word
That walk'd among the ancient trees,

Calling the lapsed Soul,
And weeping in the evening dew ;
That might controll
The starry pole,
And fallen, fallen light renew !

"*O Earth, O Earth, return !*
"*Arise from out the dewy grass ;*
"*Night is worn,*
"*And the morn*
"*Rises from the slumberous mass.*

"*Turn away no more ;*
"*Why wilt thou turn away ?*
"*The starry floor,*
"*The wat'ry shore,*
"*Is giv'n thee till the break of day.*"

THE TYGER

Tyger ! Tyger ! burning bright
In the forests of the night,
What immortal hand or eye
Could frame thy fearful symmetry ?

In what distant deeps or skies
Burnt the fire of thine eyes ?
On what wings dare he aspire ?
What the hand dare sieze the fire ?

And what shoulder, & what art,
Could twist the sinews of thy heart ?
And when thy heart began to beat,
What dread hand ? & what dread feet ?

What the hammer ? what the chain ?
In what furnace was thy brain ?
What the anvil ? what dread grasp
Dare its deadly terrors clasp ?

When the stars threw down their spears,
And water'd heaven with their tears,
Did he smile his work to see ?
Did he who made the Lamb make thee ?

Tyger ! Tyger ! burning bright
In the forests of the night,
What immortal hand or eye
Dare frame thy fearful symmetry ?

Percy B. Shelley

TO NIGHT

I

*S*WIFTLY *walk o'er the western wave,*
Spirit of Night !
Out of the misty eastern cave,
Where, all the long and lone daylight,
Thou wovest dreams of joy and fear,
Which make thee terrible and dear,–
Swift be thy flight !

II

Wrap thy form in a mantle gray,
Star-inwrought !
Blind with thine hair the eyes of Day ;
Kiss her until she be wearied out,
Then wander o'er city, and sea, and land,
Touching all with thine opiate wand–
Come, long-sought !

III

When I arose and saw the dawn,
I sighed for thee ;
When light rode high, and the dew was gone,
And noon lay heavy on flower and tree,
And the weary Day turned to his rest,
Lingering like an unloved guest,
I sighed for thee.

IV

Thy brother Death came, and cried,
Wouldst thou me ?
Thy sweet child Sleep, the filmy-eyed,
Murmured like a noontide bee,
Shall I nestle near thy side ?
Wouldst thou me ?—And I replied,
No, not thee !

V

Death will come when thou art dead,
Soon, too soon—
Sleep will come when thou art fled ;
Of neither would I ask the boon
I ask of thee, beloved Night—
Swift be thine approaching flight,
Come soon, soon !

1821

ADONAIS, AN ELEGY ON THE DEATH OF JOHN KEATS

VIII

He will awake no more, oh, never more !—
Within the twilight chamber spreads apace
The shadow of white Death, and at the door
Invisible Corruption waits to trace
His extreme way to her dim dwelling-place ;
The eternal Hunger sits, but pity and awe
Soothe her pale rage, nor dares she to deface
So fair a prey, till darkness, and the law
Of change, shall o'er his sleep the mortal curtain draw.

XXII

He *will awake no more, oh, never more !*
"*Wake thou,*" *cried Misery,* "*childless Mother, rise*
Out of thy sleep, and slake, in thy heart's core,
A wound more fierce than his, with tears and sighs."
And all the Dreams that watched Urania's eyes,
And all the Echoes whom their sister's song
Had held in holy silence, cried : "*Arise !*"
Swift as a Thought by the snake Memory stung,
From her ambrosial rest the fading Splendour sprung.

XXIII

She rose like an autumnal Night, that springs
Out of the East, and follows wild and drear
The golden Day, which, on eternal wings,
Even as a ghost abandoning a bier,
Had left the Earth a corpse. Sorrow and fear
So struck, so roused, so rapped Urania ;
So saddened round her like an atmosphere
Of stormy mist ; so swept her on her way
Even to the mournful place where Adonais lay.

XXXI

Midst others of less note, came one frail Form,
A phantom among men ; companionless
As the last cloud of an expiring storm
Whose thunder is its knell ; he, as I guess,
Had gazed on Nature's naked loveliness,
Actaeon-like, and now he fled astray
With feeble steps o'er the world's wilderness,
And his own thoughts, along that rugged way,
Pursued, like raging hounds, their father and their prey.

XXXII

A pardlike Spirit beautiful and swift—
A Love in desolation masked ;—a Power
Girt round with weakness ;—it can scarce uplift
The weight of the superincumbent hour ;
It is a dying lamp, a falling shower,
A breaking billow ;—even whilst we speak
Is it not broken ? On the withering flower
The killing sun smiles brightly : on a cheek
The life can burn in blood, even while the heart may break.

LV

The breath whose might I have invoked in song
Descends on me ; my spirit's bark is driven,
Far from the shore, far from the trembling throng
Whose sails were never to the tempest given ;
The massy earth and sphered skies are riven !
I am borne darkly, fearfully, afar ;
Whilst, burning through the inmost veil of Heaven,
The soul of Adonais, like a star,
Beacons from the abode where the Eternal are.

1821

John Keats

ODE ON MELANCHOLY

I

No, no, go not to Lethe, neither twist
Wolf's-bane, tight-rooted, for its poisonous wine ;
Nor suffer thy pale forehead to be kiss'd
By nightshade, ruby grape of Proserpine ;
Make not your rosary of yew-berries,
Nor let the beetle, nor the death-moth be
Your mournful Psyche, nor the downy owl
A partner in your sorrow's mysteries ;
For shade to shade will come too drowsily,
And drown the wakeful anguish of the soul.

II

But when the melancholy fit shall fall
Sudden from heaven like a weeping cloud,
That fosters the droop-headed flowers all,
And hides the green hill in an April shroud ;
Then glut thy sorrow on a morning rose,
Or on the rainbow of the salt sand-wave,
Or on the wealth of globed peonies ;
Or if thy mistress some rich anger shows,
Emprison her soft hand, and let her rave,
And feed deep, deep upon her peerless eyes.

III

She dwells with Beauty—Beauty that must die ;
And Joy, whose hand is ever at his lips
Bidding adieu ; and aching Pleasure nigh,
Turning to Poison while the bee-mouth sips :
Ay, in the very temple of delight
Veil'd Melancholy has her sovran shrine,
Though seen of none save him whose strenuous tongue
Can burst Joy's grape against his palate fine ;
His soul shall taste the sadness of her might,
And be among her cloudy trophies hung.

... I was led into these thoughts, my dear Reynolds, by the beauty of the morning operating on a sense of Idleness. I have not read any Books – the Morning said I was right – I had no idea but of the Morning, and the Thrush said I was right – seeming to say,

WHAT THE THRUSH SAID

Lines from a letter to John Hamilton Reynolds

O THOU whose face hath felt the Winter's wind,
Whose eye has seen the snow-clouds hung in mist,
And the black elm tops 'mong the freezing stars,
To thee the spring will be a harvest-time.
O thou, whose only book has been the light
Of supreme darkness which thou feddest on
Night after night when Phœbus was away,
To thee the Spring shall be a triple morn.
O fret not after knowledge—I have none,
And yet my song comes native with the warmth
O fret not after knowledge—I have none,
And yet the Evening listens. He who saddens
At thought of idleness cannot be idle,
And he's awake who thinks himself asleep.

SONNET

Written on a Blank Page in Shakespeare's Poems, facing « A Lover's Complaint. »

BRIGHT star, would I were stedfast as thou art–
Not in lone splendour hung aloft the night
And watching, with eternal lids apart,
Like nature's patient, sleepless Eremite,
The moving waters at their priestlike task
Of pure ablution round earth's human shores,
Or gazing on the new soft-fallen mask
Of snow upon the mountains and the moors–
No–yet still stedfast, still unchangeable,
Pillow'd upon my fair love's ripening breast,
To feel for ever its soft fall and swell,
Awake for ever in a sweet unrest,
Still, still to hear her tender-taken breath,
And so live ever–or else swoon to death.

Emily Brontë

THE night is darkening round me,
The wild winds coldly blow ;
But a tyrant spell has bound me
And I cannot, cannot go.

The giant trees are bending
Their bare boughs weighed with snow,
And the storm is fast descending
And yet I cannot go.

Clouds beyond clouds above me,
Wastes beyond wastes below ;
But nothing drear can move me ;
I will not, cannot go.

November 1837.

AYE, there it is ! It wakes tonight
Sweet thoughts that will not die
And feeling's fires flash all as bright
As in the years gone by !

And I can tell by thine altered cheek
And by thy kindled gaze
And by the word thou scarce dost speak,
How wildly fancy plays.

Yes I could swear that glorious wind
Has swept the world aside,
Has dashed its memory from thy mind
Like foam-bells from the tide—

And thou art now a spirit pouring
Thy presence into all—
The essence of the Tempest's roaring
And of the Tempest's fall—

A universal influence
From Thine own influence free—
A principle of life intense
Lost to mortality.

Thus truly when that breast is cold
Thy prisoned soul shall rise,
The dungeon mingle with the mould—
The captive with the skies.

6th July 1841.

Emily Dickinson

Mine by the right of the white election !
Mine by the royal seal !
Mine by the sign in the scarlet prison
Bars cannot conceal !

Mine, here in vision and in veto !
Mine, by the grave's repeal
Titled, confirmed,—delirious charter !
Mine, while the ages steal !

Not with a club the heart is broken,
Nor with a stone ;
A whip, so small you could not see it,
I've known
To lash the magic creature
Till it fell,
Yet that whip's name too noble
Then to tell.

Magnanimous of bird
By boy descried,
To sing unto the stone
Of which it died.

Whether my bark went down at sea,
Whether she met with gales,
Whether to isles enchanted
She bent her docile sails ;

By what mystic mooring
She is held to-day,—
This is the errand of the eye
Out upon the bay.

Théodore Tioutchev

ВИДЕНИЕ

Есть некий час, в ночи, всемирного молчанья,
И в оный час явлений и чудес
Живая колесница мирозданья
Открыто катится в святилище небес.

Тогда густеет ночь, как хаос на водах;
Беспамятство, как Атлас, давит сушу;
Лишь Музы девственную душу
В пророческих тревожат боги снах!

БЕЗУМИЕ

Там, где с землею обгорелой
Слился, как дым, небесный свод,
Там в беззаботности веселой
Безумье жалкое живет.

Под раскаленными лучами,
Зарывшись в пламенных песках,
Оно стеклянными очами
Чего-то ищет в облаках.

То вспрянет вдруг и, чутким ухом
Припав к растреснутой земле,
Чему-то внемлет жадным слухом
С довольством тайным на челе.

И мнит, что слышит струй кипенье,
Что слышит ток подземных вод,
И колыбельное их пенье,
И шумный из земли исход!...

1830.

Nicolas Goumilev

Но забыли мы, что осиянно
Только слово средь земных тревог,
И в Евангельи от Иоанна
Сказано, что слово это Бог.

Мы ему поставили пределом
Скудные пределы естества,
И, как пчелы в улье опустелом,
Дурно пахнут мертвые слова.

ВОИН АГАМЕМНОНА

Смутную душу мою тяготит
Странный и страшный вопрос:
Можно ли жить, если умер Атрид,
Умер на ложе из роз?

Всё, что нам снилось, всегда и везде,
Наше желанье и страх,
Всё отражалось, как в чистой воде,
В этих спокойных очах.

В мышцах жила несказанная мощь,
Нега — в изгибе колен,
Был он прекрасен, как облако, — вождь
Золотоносных Микен.

Что я? Обломок старинных обид,
Дротик, упавший в траву.
Умер водитель народов, Атрид, —
Я же, ничтожный, живу.

Манит прозрачность глубоких озер,
Смотрит с укором заря.
Тягостен, тягостен этот позор —
Жить, потерявши царя!

Anna Akhmatova

ЛОТОВА ЖЕНА

И праведник шел за посланником бога,
Огромный и светлый, по черной горе,
Но громко жене говорила тревога:
Не поздно, ты можешь еще посмотреть

На красные башни родного Содома,
На площадь, где пела, на двор, где пряла,
На окна пустые высокого дома,
Где милому мужу детей родила.

Взглянула, и, скованы смертною болью,
Глаза ее больше смотреть не могли;
И сделалось тело прозрачною солью,
И быстрые ноги к земле приросли.

Кто женщину эту оплакивать будет,
Не меньшей ли мнится она из утрат?
Лишь сердце мое никогда не забудет
Отдавшую жизнь за единственный взгляд.

24 февраля 1924.

Boris Pasternak

ВЕТЕР

Четыре отрывка о Блоке

Кому быть живым и хвалимым,
Кто должен быть мертв и хулим,
Известно у нас подхалимам
Влиятельным только одним.

Не знал бы никто, может статься,
В почете ли Пушкин иль нет.
Без докторских их диссертаций,
На всё проливающих свет.

Но Блок, слава богу, иная,
Иная, по счастью, статья.
Он к нам не спускался с Синая,
Нас не принимал в сыновья.

Прославленный не по программе
И вечный вне школ и систем,
Он не изготовлен руками
И нам не навязан никем.

Он ветрен, как ветер. Как ветер,
Шумевший в имении в дни,
Как там еще Филька-фалетер
Скакал в голове шестерни.

И жил еще дед-якобинец,
Кристальной души радикал,
От коего ни на мизинец
И ветреник внук не отстал.

Тот ветер, проникший под ребра
И в душу, в течение лет
Недоброю славой и доброй
Помянут в стихах и воспет.

Тот ветер повсюду. Он — дома,
В деревьях, в деревне, в дожде,
В поэзии третьего тома,
В « Двенадцати », в смерти — везде.

Широко, широко, широко
Раскинулись речка и луг.
Пора сенокоса, толока,
Страда, суматоха вокруг.
Косцам у речного протока
Заглядываться недосуг.
Косьба разохотила Блока.
Схватил косовище барчук.
Ежа чуть не ранил с наскоку,
Косой полоснул двух гадюк.

Но он не доделал урока.
Упреки: лентяй, лежебока!
О, детство! О школы морока!
О, песни пололок и слуг!

А к вечеру тучи с востока.
Обложены север и юг.
И ветер жестокий не к сроку
Влетает и режется вдруг
О косы косцов, об осоку,
Резучую гущу излук.

О, детство! О, школы морока!
О, песни пололок и слуг!
Широко, широко, широко
Раскинулись речка и луг.

Зловещ горизонт и внезапен,
И в кровоподтеках заря,
Как след незаживших царапин
И кровь на ногах косаря.

Нет счета небесным порезам,
Предвестникам бурь и невзгод,
И пахнет водой, и железом,
И ржавчиной воздух болот.

В лесу, на дороге, в овраге,
В деревне или на селе,
На тучах такие зигзаги
Сулят непогоду земле.

Когда ж над большою столицей
Край неба так ржав и багрян,
С державою что-то случится,
Постигнет страну ураган.

Блок нá небе видел разводы.
Ему предвещал небосклон
Большую грозу, непогоду,
Великую бурю, циклон.

Блок ждал этой бури и встряски,
Ее огневые штрихи
Боязнью и жаждой развязки
Легли в его жизнь и стихи.

Ossip Mandelstam

Как женственное серебро горит,
Что с окисью и примесью боролось,
И тихая работа серебрит
Железный плуг и стихотворца голос.

[1937] Воронеж.

СУМЕРКИ СВОБОДЫ

Прославим, братья, сумерки свободы, —
Великий сумеречный год.
В кипящие ночные воды
Опущен грузный лес тенет.
Восходишь ты в глухие годы,
О солнце, судия, народ.

Прославим роковое бремя,
Которое в слезах народный вождь берет.
Прославим власти сумрачное бремя,
Ее невыносимый гнет.
В ком сердце есть, тот должен слышать, время,
Как твой корабль ко дну идет.

Мы в легионы боевые
Связали ласточек — и вот
Не видно солнца; вся стихия
Щебечет, движется, живет;
Сквозь сети — сумерки густые —
Не видно солнца и земля плывет.

Ну что ж, попробуем: огромный, неуклюжий,
Скрипучий поворот руля.
Земля плывет. Мужайтесь, мужи.
Как плугом, океан деля,
Мы будем помнить и в летейской стуже,
Что десяти небес нам стоила земля.

Москва, май 1918.

Сестры — тяжесть и нежность — одинаковы ваши приметы.
Медуницы и осы тяжелую розу сосут.
Человек умирает, песок остывает согретый,
И вчерашнее солнце на черных носилках несут.

Ах, тяжелые соты и нежные сети,
Легче камень поднять, чем имя твое повторить!
У меня остается одна забота на свете:
Золотая забота, как времени бремя избыть.

Словно темную воду я пью помутившийся воздух.
Время вспахано плугом, и роза землею была.
В медленном водовороте тяжелые нежные розы,
Розы тяжесть и нежность в двойные венки заплела.

Коктебель, март 1920.

Возьми на радость из моих ладоней
Немного солнца и немного меда,
Как нам велели пчелы Персефоны.

Не отвязать неприкрепленной лодки,
Не услыхать в меха обутой тени,
Не превозмочь в дремучей жизни страха.

Нам остаются только поцелуи,
Мохнатые, как маленькие пчелы,
Что умирают, вылетев из улья.

Они шуршат в прозрачных дебрях ночи,
Их родина — дремучий лес Тайгета,
Их пища — время, медуница, мята.

Возьми ж на радость дикий мой подарок,
Невзрачное сухое ожерелье
Из мертвых пчел, мед превративших в солнце.

Ноябрь 1920.

Умывался ночью на дворе —
Твердь сияла грубыми звездами.
Звездный луч, как соль на топоре,
Стынет бочка с полными краями.

На замок закрыты ворота,
И земля по совести сурова, —
Чище правды свежего холста
Вряд ли где отыщется основа.

Тает в бочке, словно соль, звезда,
И вода студеная чернее,
Чище смерть, соленее беда,
И земля правдивей и страшнее.

1921.

Я по лесенке приставной
Лез на всклоченный сеновал, —
Я дышал звезд млечных трухой,
Колтуном пространства дышал.

И подумал: зачем будить
Удлиненных звучаний рой,
В этой вечной склоке ловить
Эолийский чудесный строй?

Звезд в ковше Медведицы семь.
Добрых чувств на земле пять.
Набухает, звенит темь,
И растет и звенит опять.

Распряженный огромный воз
Поперек вселенной торчит,
Сеновала древний хаос
Защекочет, запорошит.

Не своей чешуей шуршим,
Против шерсти мира поём.
Лиру строим, словно спешим
Обрасти косматым руном.

Из гнезда упавших щеглов
Косари приносят назад, —
Из горящих вырвусь рядов
И вернусь в родной звукоряд,

Чтобы розовой крови связь
И травы сухорукий звон
Распростились: одна скрепясь,
А другая — в заумный сон.

1922.

Не говори никому,
Все, что ты видел, забудь —
Птицу, старуху, тюрьму
Или еще что-нибудь...

Или охватит тебя,
Только уста разомкнешь,
При наступлении дня
Мелкая хвойная дрожь.

Вспомнишь на даче осу,
Детский чернильный пенал,
Или чернику в лесу,
Что никогда не сбирал.

Октябрь 1930. Тифлис.

А. А. А[хматовой]

Сохрани мою речь навсегда за привкус несчастья и дыма,
За смолу кругового терпенья, за совестный деготь труда.
Так вода в новгородских колодцах должна быть черна и сладима,
Чтобы в ней к Рождеству отразилась семью плавниками звезда.

И за это, отец мой, мой друг и помощник мой грубый,
Я — непризнанный брат, отщепенец в народной семье —
Обещаю построить такие дремучие срубы,
Чтобы в них татарва опускала князей на бадье.

Лишь бы только любили меня эти древние плахи!
Как нацелясь на смерть городки зашибают в саду,
Я за это всю жизнь прохожу хоть в железной рубахе
И для казни петровской в лесу топорище найду.

3 мая 1931. Хмельницкая.

IV

Я больше не ребенок.
Ты, могила,
Не смей учить горбатого — молчи!
Я говорю за всех с такою силой,
Чтоб нёбо стало небом, чтобы губы
Потрескались, как розовая глина.

6 июня 1931. Москва.

Твоим узким плечам под бичами краснеть,
Под бичами краснеть, на морозе гореть.

Твоим детским рукам утюги поднимать,
Утюги поднимать да веревки вязать.

Твоим нежным ногам по стеклу босиком,
По стеклу босиком да кровавым песком.

Ну а мне за тебя черной свечкой гореть,
Черной свечкой гореть да молиться не сметь.

1934.

Дрожжи мира дорогие —
Звуки, слезы и труды —
Ударенья дождевые
Закипающей беды
И потери звуковые
Из какой вернуть руды?

В нищей памяти впервые
Чуешь вмятины сырые,
Медной полные воды —
И идешь за ними следом,
Сам себе не мил, неведом —
И слепой и поводырь.

12—18 января 1937. Воронеж.

Пою, когда гортань сыра, душа суха,
И в меру влажен взор, и не хитрит сознанье,
Здорово ли вино? Здоровы ли меха?
Здорово ли в крови Колхиды колыханье?
А грудь стесняется, без языка тиха:
Уже не я пою, — поет мое дыханье —
И в горных ножнах слух и голова глуха.

Песнь бескорыстная сама себе хвала,
Утеха для друзей и для врагов смола.

Песнь одноглазая, растущая из мха,
Одноголосый дар охотничьего быта,
Которую поют верхом и на верхах,
Держа дыханье вольно и открыто,
Заботясь лишь о том, чтоб честно и сердито
На свадьбу молодых доставить без греха...

8 февраля 1937. Воронеж.

К пустой земле невольно припадая
Неравномерной сладостной походкой,
Она идет, чуть-чуть опережая
Подругу быструю и юношу-погодка.
Ее влечет стесненная свобода
Одушевляющего недостатка,
И кажется, что ясная догадка
В ее походке хочет задержаться —
О том, что эта вешняя погода
Для нас праматерь гробового свода,
И это будет вечно начинаться.

Есть женщины сырой земле родные,
И каждый шаг их — гулкое рыданье,
Сопровождать умерших и впервые
Приветствовать воскресших — их призванье.
И ласки требовать у них преступно,
И расставаться с ними непосильно.
Сегодня — ангел, завтра — червь могильный,
А послезавтра — только очертанье.
Что было — поступь, — станет недоступно,
Цветы бессмертны. Небо целокупно.
И то, что будет — только обещанье.

4 мая 1937. Воронеж.

Vladimir Maïakovski

[ФРАГМЕНТЫ]

Уже второй
должно быть, ты легла.
А может быть
и у тебя такое.
Я не спешу.
И молниями телеграмм
мне незачем
тебя
будить и беспокоить.

*

море уходит вспять,
море уходит спать.
Как говорят, инцидент исперчен,
любовная лодка разбилась о быт.
С тобой мы в расчете.
И не к чему перечень
взаимных болей, бед и обид.

*

Уже второй должно быть, ты легла.
В ночи Млечпуть серебряной Окою.

Ты посмотри, какая в мире тишь!
Ночь обложила небо звездной данью.

*

Я знаю силу слов, я знаю слов набат.
Глядится пустяком,
опавшим лепестком под каблуками танца.
Но человек душой, губами, костяком...

1928—1930.

Marina Tsvétaeva

ПСИХЕЯ

1

Не самозванка — я пришла домой,
И не служанка — мне не надо хлеба.
Я — страсть твоя, воскресный отдых твой,
Твой день седьмой, твое седьмое небо.

Там на земле мне подавали грош
И жерновов навешали на шею.
— Возлюбленный! — Ужель не узнаешь?
Я ласточка твоя — Психея!

2

На́ тебе, ласковый мой, лохмотья,
Бывшие некогда нежной плотью.
Всё истрепала, изорвала, —
Только осталось, что два крыла.

Одень меня в свое великолепье.
Помилуй и спаси.
А бедные истлевшие отрепья —
Ты в ризницу снеси.

13 мая 1918.

Кто создан из камня, кто создан из глины, —
А я серебрюсь и сверкаю!
Мне дело — измена, мне имя — Марина.
Я — бренная пена морская.

Кто создан из глины, кто создан из плоти —
Тем гроб и надгробные плиты!
— В купели морской крещена — и в полете
Своем — непрестанно разбита!

Сквозь каждое сердце, сквозь каждые сети
Пробьется мое своеволье.
Меня — видишь кудри беспутные эти? —
Земною не сделаешь солью.

Дробясь о гранитные ваши колена,
Я с каждой волной — воскресаю!
Да здравствует пена — веселая пена —
Высокая пена морская!

23 мая 1920.

Умирая, не скажу: была.
И не жаль, и не ищу виновных.
Есть на свете поважней дела
Страстных бурь и подвигов любовных.

Ты — крылом стучавший в эту грудь,
Молодой виновник вдохновенья —
Я тебе повелеваю: — будь!
Я — не выйду из повиновенья.

30 июня 1918.

Душа, не знающая меры,
Душа хлыста и изувера,
Тоскующая по бичу.
Душа — навстречу палачу,
Как бабочка из хризалиды!
Душа, не съевшая обиды,
Что больше колдунов не жгут.
Как смоляной высокий жгут
Дымящая под власяницей...
Скрежещущая еретица,
— Савонароловой сестра —
Душа, достойная костра!

1921.

Miguel Hernandez

Despues de haber cavado este barbecho
me tomaré un descanso por la grama
y beberé del agua que en la rama
su esclava nieve aumenta en mi provecho.

Todo el cuerpo me huele a recién hecho
por el jugoso fuego que lo inflama
y la creación que adoro se derrama
a mi mucha fatiga como un lecho.

Se tomará un descanso el hortelano
y entretendrá sus penas combatido
por el salubre sol y el tiempo manso.

Y otra vez, inclinado cuerpo y mano,
seguirá ante la tierra perseguido
por la sombra del último descanso.

Como el toro he nacido para el luto
y el dolor, como el toro estoy marcado
por un hierro infernal en el costado
y por varón en la ingle con un fruto.

Como el toro lo encuentra diminuto
todo mi corazón desmesurado,
y del rostro del beso enamorado,
como el toro a tu amor se lo disputo.

Como el toro me crezco en el castigo,
la lengua en corazón tengo bañada
y llevo al cuello un vendaval sonoro.

Como el toro te sigo y te persigo,
y dejas mi deseo en una espada,
como el toro burlado, como el toro.

Como recojo en lo último del día,
a fuerza de honda, a fuerza de meneo,
en una piedra el sol que ya no veo,
porque ya está su flor en agonía,

así recoge dentro el alma mía
por esta soledad de mi deseo
siempre en el pasto y nunca en el sesteo,
lo que le queda siempre a mi alegría :

una pena final como la tierra,
como la flor del haba blanquioscura,
como la ortiga hostil desazonada,

indomable y cruel como la sierra,
como el agua de invierno terca y pura,
recóndita y eterna como nada.

NOTES
BIBLIOGRAPHIE
NOTICES

NOTES

Page 21.

1. *Anacardina* : du latin *ana carda*, par allusion sans doute à la forme de la noix d'acajou dont le bois de l'arbre est rougeâtre. L'anacardina était une ancienne confection aux noix d'acajou à laquelle l'on imputait le pouvoir de rendre la mémoire.

Page 25.

2. Dans la première version du poème s'insère à la fin du troisième quatrain la strophe suivante, rejetée par le poète ultérieurement :

Purent l'extraire du cratère profond
Et entre tes côtes horribles, osèrent enfouir
Ce puits de sanglant malheur ?
Dans quelle argile, dans quel moule
Furent pétris tes yeux de fureur ?

[Could fetch it from the furnace deep
And in thy horrid ribs dare steep
In the well of sanguine woe ?
In what clay & in what mould
Were thy eyes of fury roll'd ? *del.*]

Page 35

3. Ce sonnet donné souvent pour le « Dernier Sonnet » est certainement d'une date antérieure. Il figure parmi les poèmes posthumes de Keats, publiés en 1848. C'est à bord du navire qui l'emmenait en Italie avec son ami Severn, lors de sa

dernière maladie, et encore en vue des côtes de l'Angleterre, que Keats écrivit ce sonnet sur une page blanche d'un exemplaire des *Poèmes* de Shakespeare, en regard du *Lover's Complaint*, et l'offrit en souvenir à son compagnon de voyage.

Page 44

4. Les deux derniers quatrains du poème *Le Mot*. Ils figurent en épigraphe à l'essai de Mandelstam, « De la Nature du mot », publié à Kharkov, en 1922, donc peu de temps après l'exécution de Goumilev, en août 1921. Dans le volume de proses rassemblées par Mandelstam en 1928, sous le titre *De la poésie*, l'essai est donné sans l'épigraphe.

BIBLIOGRAPHIE

RAIMBAUT DE VAQUEIRAS : *in* J. Audiau et R. Lavaud, *Nouvelle Anthologie des Troubadours,* Delagrave, Paris, 1928.

PETRARCA, Francesco : *Canzoniere*, testo critico e introduzione di Gianfranco Contini, annotazioni di Daniele Ponchiroli, Einaudi, Turin, 1964.

LOPE DE VEGA : *Obras Escogidas, Tome II, Poesias liricas-Poemas-Prosa-Novelas*, Aguilar, S.A. de Ediciones, Madrid, 1953.

SHAKESPEARE, William : *The Complete Works of William Shakespeare*, edited by W.J. Craig, M.A., Oxford University Press, Londres, 1957.

BLAKE, William : *The Complete Writings of William Blake with all variant readings*, edited by Geoffrey Keynes, « The Nonesuch Press », Londres, MCMLVII.

SHELLEY, Percy Bysshe : *The Complete Poetical Works of Shelley*, edited by Thomas Hutchinson, M.A., The Clarendon Press, Oxford, 1904.

KEATS, John : *The Poetical Works of John Keats*, edited by H. Buxton Forman, Oxford University Press, Londres, 1920.

BRONTË, Emily : *Wuthering Heights with Selected Poems*, edited by Philip Henderson, Dent, Everyman's Library, Londres, 1967.

DICKINSON, Emily : *Selected Poems*, The Modern Library, New York, 1924.

TIOUTCHEV, Théodore : *Poèmes*, La Bibliothèque du Poète, Leningrad, 1953.

GOUMILEV, Nicolas : *Œuvres complètes*, réunies par G. Struve et B. Filipoff, Victor Kamkin, ed. Washington, 1962.

AKHMATOVA, Anna : *Poésies et Poèmes*, La Bibliothèque du Poète, Leningrad, 1976.

PASTERNAK, Boris : *Poésies et Poèmes*, La Bibliothèque du Poète, Leningrad, 1976.

MANDELSTAM, Ossip : *Œuvres Complètes, Tome I*, réunies et publiées par G. Struve et B. Filipoff, Inter-Language, Washington, 1967.

MAÏAKOVSKI, Vladimir : *Œuvres Complètes, Tome VI*, Éditions de la « Pravda », Moscou, 1978.

TSVETAEVA, Marina : *Poésies et Poèmes*, La Bibliothèque du Poète, Leningrad, 1979.

HERNANDEZ, Miguel : *Obra Poetica Completa*, ZERO, Madrid, 1976.

HÖLDERLIN, Friedrich : *Les Poèmes de la Folie*, traduit par Pierre Jean Jouve et Pierre Klossowski, Éditions Gallimard, Paris, 1963.

NOTICES

RAIMBAUT DE VAQUEIRAS, vers 1155-vers 1207.

Fils d'un chevalier sans fortune du château de Vaqueiras (Vaucluse), propriété des princes d'Orange. Il entre au service du marquis Boniface de Montferrat, l'un des chefs de la Quatrième Croisade, et parcourt avec lui l'Italie, la Sicile, l'Orient. Il assiste au sac de Constantinople, et reçoit, en cadeau de son seigneur, de vastes domaines en Thessalonique, terres qu'ils avaient conquises ensemble. Il meurt massacré, croit-on, avec son maître, par les Bulgares.

PÉTRARQUE, 1304-1374.

Né à Arezzo, d'un notaire florentin qui s'exile dans le Comtat Venaissin en 1312. Etudes à Carpentras et à la faculté de Droit de Montpellier. En 1326, Pétrarque est à Avignon, à la cour du pape Jean XXII. Voyages en France, en Flandres, en Allemagne. Il est ambassadeur à Naples en 1348, à Prague en 1356 où il est fait comte palatin, à Paris en 1360. Poète-lauréat, il est couronné à Rome en 1340.

Dans cette vie, court le fil de l'amour pour Laure, et les départs et les retours vers Vaucluse et la maison au bord de la Sorgue. Son Poème, le *Canzoniere,* commencé vers 1330, il ne cessera d'y travailler et de l'enrichir jusqu'à sa mort.

LOPE DE VEGA, 1562-1635.

Né à Madrid où il fait ses études au collège de la Compagnie de Jésus, puis à l'université d'Alcala et peut-être à celle de Salamanque. Il s'enfuit de chez lui à seize ans. Commence l'épopée de ses liaisons, de ses mariages et de ses amours qui se poursuivra sa vie durant, et au delà de 1614 où il est ordonné prêtre.

1578 : Maria de Aragon. 1583 : Elena Osorio. 1588 : Isabel de Urbina. 1596 : veuve Antonia Trillo. 1598 : Juana de Guardo et Micaela de Lujan. 1616 : Marta de Nevares Santoyo. Exil, ennuis et procès divers.

En 1583, il prend part à l'expédition qui conquiert l'île Terceira dans les Açores ; et en 1588 à l'aventure malheureuse de l'Invincible Armada. En 1598, début de sa polémique avec Gongora. Son œuvre est à la mesure de cette existence multiple : dix-huit cents pièces profanes ; quatre cents drames religieux ; la poésie enfin : *Rimas humanas* et *Rimas sacras.*

WILLIAM SHAKESPEARE, 1564-1616.

Une part très importante du théâtre de Shakespeare a paru sans son assentiment ou son contrôle, ou bien n'a pas été publiée de son vivant. Tel serait, croit-on, le cas des Sonnets. Jamais poète ne s'est tenu à si nébuleuse distance de son œuvre.

Né un 23 avril à Stratford on Avon, mort un 23 avril à Stratford on Avon. Sur sa dalle funéraire, une inscription qui subsiste encore :

Good frend for Iesus sake forbeare
To digg the dust encloased heare
Bleste be ye man y spares thes stones
And curst be he y moves my bones

WILLIAM BLAKE, 1757-1827.

Né à Londres, dans un milieu de petits boutiquiers. Il apprend le métier de graveur et épouse, en 1782, une fille de maraîcher qui lui sera bonne et secourable toute sa vie. Il a mis au point un procédé de gravure qu'il appliquera à ses propres œuvres. A partir de 1788, il écrit et enlumine *Les Chants d'Innocence, Le Livre de Thel, Le Mariage du Ciel et de l'Enfer ;* puis, ce sera *Les Chants d'Expérience* et toute la série des *Livres prophétiques (Le premier Livre d'Urizen, Les quatre Zoas,* etc.). Prend corps une mythologie foisonnante, nourrie en partie de ses lectures : Platon, Plotin, Swedenborg, et qui fera une place de plus en plus large à un Messie venu inciter l'homme à sa propre divination. Dans sa vieillesse démunie – il passe pour demi-fou – il écrit et grave *Jérusalem, l'Évangile Éternel,* illustre Milton et Dante. Il meurt un cantique aux lèvres.

PERCY BYSSHE SHELLEY, 1792-1822.

Né dans le Sussex d'un père riche propriétaire. Esprit précocement libre : à Eton, il se mêle d'alchimie ; sa brochure, *Nécessité de l'athéisme* (1811), lui vaut d'être renvoyé d'Oxford. De toutes jeunes femmes se succèdent dans sa vie : la première a seize ans ; ils se marient en 1811 ; elle se suicidera en 1816. La seconde, Mary Godwin, le suivra en Italie. De l'une et l'autre, des enfants lui naissent, des enfants lui meurent. En 1816, il est près de Pise, avec Byron pour voisin, dans un cercle de jeunes Anglais en rupture de conformisme, dont le flibustier Trelawney, et le capitaine Williams et son amie Jane, pour qui il écrira des poèmes d'amour. Il a déjà publié de longs poèmes philosophiques (*La reine Mab, Alastor ou l'Esprit de la solitude*). Sa poésie désormais se fait chant : l'*Ode à l'alouette,* l'*Ode au vent d'ouest,* le *Prométhée délivré*... En juin 1821, il écrit *Adonaïs, une Elégie sur la mort de John Keats,* qu'il fait précéder d'une dure dénonciation de la critique anglaise à qui il impute la mort du poète : « La sauvage critique de son *Endymion*... produisit le plus violent effet sur un esprit impressionnable... et détermina une rupture des vaisseaux dans la poitrine... Misérable ! toi ! l'un des plus immondes ! tu as effacé délibérément l'un des plus nobles spécimens de l'ouvrage divin ! » Un an après, Shelley et Williams s'embarquaient à Livourne, sur leur voilier, l'*Ariel,* et disparaissaient dans la tempête. Sur le corps de Shelley rejeté à la côte, on trouvera un Eschyle et un petit volume de Keats. Le 27 août, Byron écrit au critique Thomas Moore : « Nous avons brûlé les corps de Shelley et de Williams sur le rivage. Vous ne sauriez avoir une idée de l'effet extraordinaire qu'a un bûcher funéraire sur un rivage désolé, entre les montagnes et la mer, ni la singulière apparence que le sel et l'encens donnent à la flamme. Tout le corps de Shelley fut consumé hormis son cœur qui ne voulut pas prendre feu. » Shelley et Keats sont enterrés au cimetière protestant de Rome.

JOHN KEATS, 1795-1821.

Né à Londres. Le père, palefrenier, meurt d'une chute de cheval, la mère, de la tuberculose. L'adolescent est mis en apprentissage chez un chirurgien qu'il quitte bientôt. Lectures : les élisabéthains, Milton, Coleridge, et toujours et avant tout Shakespeare ; mais aussi Dante et les Grecs. Rencontre avec Shelley, Leigh Hunt, les éditeurs Ollier qui publient ses premiers vers (1817). Son second recueil, *Endymion,* est durement reçu par la critique. Lors d'un voyage à pied en Ecosse, sous pluies et brouillards, Keats a sa première crise de laryngite. A l'automne, il est au chevet de son frère Tom, tuberculeux et qui se meurt. En 1819, il se prend d'une violente passion pour une jeune voisine, Fanny Brawne. *Hyperion* et la plupart des grandes odes et sonnets, écrits en cette année de création innombrable, paraissent en mai 1820. Mais Keats a commencé à cracher le sang et les médecins le condamnent à passer l'hiver en Italie. Il décline avec une sorte de hauteur désespérée l'offre amicale de Shelley l'invitant auprès de lui, à Pise. Le long voyage final, il le fait en compagnie d'un jeune peintre de ses amis, Severn, qui le soignera avec dévouement jusqu'à sa mort, le 19 février.

EMILY BRONTË, 1818-1848.

Née dans le Yorkshire, d'un père pasteur, d'origine irlandaise. La mère meurt, puis deux sœurs aînées. La vie d'Emily est tout entière restreinte au cercle du presbytère de Haworth, entre son père, son frère Branwell, Charlotte et Ann, ses sœurs ; mais grande ouverte aux moindres souffles de la lande alentour. Tous, ils écrivent dès l'enfance mais c'est seulement en 1846 que paraissent le livre de poèmes, signés, par les trois sœurs; de noms d'emprunt, et les romans – dont *Wuthering Heights,* – toujours masqués. A quelques mois d'intervalle, Branwell meurt détruit par l'alcool et l'opium, puis Emily et Ann, de tuberculose. Seule survivante, Charlotte, dans la notice biographique qu'elle écrit en préface à l'édition de 1850 de l'œuvre d'Emily, lève le secret, et célèbre avec éclat le génie de sa sœur.

EMILY DICKINSON, 1830-1886.

Née à Amherst, petite ville universitaire du Massachusetts, d'un père avocat. Dès sa jeunesse : une solitaire qui se séquestre au fil des ans, ainsi la décrit l'essayiste Higginson, l'un de ses rares correspondants et visiteurs (il ne l'a rencontrée que deux fois) : « Une recluse par tempérament et habitude qui passait littéralement des années sans mettre le pied dehors, et d'autres années sans outrepasser les limites du jardin de son père ; elle dissimulait ordinairement son esprit comme sa personne à tous, hors quelques rares amis, et c'est avec la plus grande difficulté qu'elle se laissa persuader de publier de son vivant trois ou quatre poèmes. »

THÉODORE TIOUTCHEV, 1803-1873.

Haut fonctionnaire et diplomate russe, en poste plus de vingt ans à Munich et à Turin. Grand poète romantique dont l'œuvre brève est toute sillonnée d'éclairs transmutatifs. Très aimé, souvent cité par les poètes du début du siècle. Et, avec Innocent Annensky (1856-1919), un de leurs proches ascendants. Mandelstam écrit : « Mais la pierre de Tioutchev qui "ayant dévalé la pente, gisait dans la vallée s'étant elle-même arrachée au flanc de la montagne, ou bien jetée là par une main consciente", cette pierre est le mot. Lors de cette chute imprévue, la voix de la matière résonne comme une parole articulée. A ce défi, on ne peut répondre qu'avec l'architecture. Les Acméistes ramassent avec révérence la mystérieuse pierre de Tioutchev et la posent dans les fondations de leur édifice. »

NICOLAS GOUMILEV, 1886-1921.

Né à Tsarskoé-Sélo, près de Saint-Pétersbourg. Voyage en France, en Angleterre, et surtout en Afrique *(Le Chemin des conquistadors,* 1905). Marié en 1910 à Anna Akhmatova dont il divorce en 1918. Il fonde l'Atelier des Poètes et le mouvement acméiste en réaction contre le Symbolisme russe. Une étroite amitié littéraire le lie à Mandelstam. Il s'engage en 1914, et prend une part active à la guerre. Arrêté par la Tchéka en août 1921, il est inculpé de complot visant à renverser le gouvernement bolchévique, et fusillé trois semaines après. De même que pour Mandelstam, on ne connaît pas sa sépulture.

La Colonne de feu, son dernier livre, a paru l'année de sa mort. Depuis, il n'est pas publié en Union soviétique. Son œuvre complète – poèmes et proses critiques – a été réunie et publiée aux Etats-Unis, en 1962, par les soins de G. Struve et B. Filipoff.

ANNA AKHMATOVA, 1889-1966.

Née Anna Gorenko, sur les rives de la mer Noire, d'un père ingénieur de la Marine. Enfance à Tsarskoé-Sélo où elle rencontre Goumilev qu'elle épouse en 1910. Voyages en France et en Italie. Un fils, Lev Goumilev, naît en 1912. Elle connaît une jeune gloire avec ses premiers recueils : *Le Soir* (1912), *Le Rosaire* (1913), *La Volée blanche* (1917). Puis c'est le silence imposé et les épreuves. Son fils est arrêté en 1935 et déporté ; libéré et envoyé au front, il sera arrêté une seconde fois au lendemain de la Guerre et ne reviendra des camps qu'en 1957. Son mari, le critique d'art N. Pounine, arrêté également en 1935, meurt en déportation. Elle demeurera toute sa vie la proche amie de Nadejda et Ossip Mandelstam, qu'elle va voir à Voronej. Présente au siège de Leningrad durant l'hiver 41-42, c'est la Guerre qui lui rend le droit à la parole *(Courage, Appel aux femmes de Leningrad).* Mais un choix de poèmes d'elle, publié en 1946, lui vaut d'être violemment attaquée et insultée par Jdanov, dans l'ultime regain de la répression stalinienne. Elle est exclue de l'Union des Écrivains et à nouveau réduite au silence. Elle retrouve ses lecteurs et sa gloire réelle dans les dix dernières années de sa vie, où elle est autorisée à se rendre à l'étranger : en Sicile pour recevoir le prix Etna-Taormina, quelques jours à Paris, en Angleterre. Elle meurt peu après à Moscou.

Les grands poèmes écrits en ces années de terreur et de guerre ne sont publiés que très partiellement en U.R.S.S. *Le Requiem* (1935-1940) est dédié à la mémoire des victimes de la Terreur et aux femmes, ses compagnes dans les queues devant les prisons de Leningrad. *Le Poème sans Héros,* écrit sur plus de vingt ans, porte en épigraphe la date de la mort de Mandelstam. Son œuvre a été rassemblée et publiée à Munich, en 1965, par les soins de G. Struve et B. Filipoff.

BORIS PASTERNAK, 1890-1960.

Né à Moscou d'une famille d'artistes : père peintre, mère musicienne. Il étudie la philosophie en Allemagne, voyage en France et en Italie. A la veille de la révolution d'Octobre, il rencontre Maïakovski, fréquente un court temps les Futuristes, mais rapidement se dégage de leur influence avec ses premiers grands livres, *Ma Sœur la vie* et *Thèmes et variations.* Sa poésie est reçue avec bonheur par les poètes, ses contemporains, avec méfiance par les organes littéraires naissants. Il sera cependant membre actif de l'Union des Écrivains, où il tentera, jusqu'à sa dernière intervention publique en 1936, de défendre la liberté intérieure de l'artiste. A partir de cette date, il cesse d'être publié comme poète et vit de traductions (Shakespeare, Goethe, Schiller). Lui-même épargné physiquement par la répression, il vient en aide dans la mesure de ses moyens aux poètes, ses amis. Il connaîtra la persécution à son tour, après la mort de Staline, lorsque le prix Nobel lui sera attribué, en 1958, pour son roman, *Le Docteur Jivago,* publié hors de l'Union soviétique. Exclu de l'Union des Écrivains, il est la cible d'une très violente campagne de haine et de dénonciation. Il meurt peu après.

Une part considérable de son œuvre – dont *Le Docteur Jivago* – demeure inédite en U.R.S.S. L'édition la plus complète de ses travaux est celle de la Michigan University Press, en 1961.

OSSIP MANDELSTAM, 1891-1938.

Né à Varsovie d'une famille d'artisans aisés. Enfance à Saint-Pétersbourg. Voyages en France, en Italie et en Allemagne où il étudie, à l'université de Heidelberg, la philosophie, et la poésie française du Moyen Age. Son premier recueil, *Pierre* (1913), est accueilli comme une révélation poétique. Vers 1915, il est proche de Marina Tsvétaéva. En 1919, séjour dans le sud de la Russie, et à Kiev où il rencontre Nadejda Khazine qui sera sa femme. Publication (1921) de *Tristia,* dernier recueil de poèmes à paraître de son vivant. Mandelstam vit désormais à Moscou de travaux de journalisme et de traductions, à l'écart de la littérature officielle, et il est rapidement en butte à la diffamation et à une hostilité visant à l'empêcher de publier. Période de mutisme poétique qui correspond à la contrainte qui pèse, en ces mêmes années, sur Akhmatova et sur Pasternak. Ce silence sera rompu, par Mandelstam, en 1930, au retour du voyage en Arménie qu'il doit à la protection, jamais démentie, de Boukharine. Il écrit *La Quatrième Prose* qui contribue, selon sa femme, a libérer en lui le flot poétique qui ne cessera plus juqu'à sa mort. Le « poème sur Staline », lu à une dizaine de personnes, servira de prétexte à son arrestation, le 13 mai 1934. Soumis au régime sévère, il doit à l'intervention de Boukharine d'être libéré quelques semaines après, et exilé dans le sud de la Russie, à Voronej. Trois années d'exil, de maladie – il souffre du cœur – et de misère, qui seront aussi une période d'intense création poétique (*Les Cahiers de Voronej*). Mandelstam est arrêté de nouveau le 2 mai 1938, et condamné à la déportation. Il meurt le 27 décembre 1938, au camp de transit de Vladivostok.

A ce jour, son œuvre complète n'a pas été publiée en Union soviétique. Un mince choix de poèmes a paru, à Leningrad, en 1973. Plus de la moitié de l'œuvre du poète a été préservée de la destruction dans les conditions de la Terreur stalinienne et de la Guerre, par sa femme Nadejda, et par quelques amis sûrs, dont Natacha Stempel, l'amie de Voronej. L'œuvre a été éditée dans son intégralité aux États-Unis, en 1964-1969 par les soins de G. Struve et B. Filipoff.

VLADIMIR MAÏAKOVSKI, 1893-1930.

Né dans un village du Caucase, d'un père garde forestier. A quinze ans, il adhère, à Moscou, au parti bolchévique. Bientôt arrêté, il écrit ses premiers poèmes en prison. Dès 1911, il est célèbre dans les milieux d'avant-garde moscovites et auprès des Futuristes, proche ami du plus important d'entre eux, le poète Vélémir Khlebnikov. Dans sa vie, dans son œuvre nombreuse (poèmes, théâtre, harangues, etc) Maïakovski incarne toute l'énergie, la violence et le génie singulier de l'époque. « C'est dans son sang à lui que bouillonnait la nouveauté des temps », écrit Pasternak. Il sera le porte-voix de la révolution d'Octobre, son poète officiel. Le 14 avril 1930, il se suicide d'une balle de revolver au cœur. Multiples éditions de son œuvre en Union soviétique.

MARINA TSVÉTAEVA, 1892-1941.

Née à Moscou, d'un père d'origine paysanne, professeur d'histoire de l'art et fondateur du musée Pouchkine, et d'une mère d'ascendance noble. Son premier recueil de vers paraît en 1910, salué par Goumilev, et plus tard par l'effusion de Pasternak. Mariée en 1912 à Serge Effron qui sera officier de l'Armée blanche, elle s'affirme contre la révolution d'Octobre, se coupant ainsi de la plupart des poètes, ses contemporains, et se condamnant à l'exil, à Prague d'abord, puis à Paris, où, dans des conditions difficiles, elle continue d'écrire. Demeurée en marge de l'émigration, elle refuse de s'associer à la condamnation collective de Maïakovski, lors de son suicide. Sa fille Ariane, puis, en 1937, son mari, sont autorisés à rentrer en Union soviétique. Marina Tsvétaeva attendra deux ans avant de les rejoindre, en 1939, avec son fils Georgi. Serge Effron est exécuté vers cette époque, Ariane est déportée. Marina vivra péniblement, à Moscou, de travaux de traduction ; puis elle sera évacuée à Elabouga, où réduite à une misère et une solitude extrêmes, elle se donnera la mort par pendaison, le 31 août 1941.

Un choix de poèmes d'elle a paru, en Union soviétique, en 1960. Il n'existe à ce jour aucune édition complète des œuvres, vers et proses de cet admirable poète.

MIGUEL HERNANDEZ, 1910-1942.

Né à Orihuela, dans la province d'Alicante, d'un père éleveur de chèvres. Miguel, petit pâtre, va à l'école des Jésuites jusqu'à quatorze ans. Chevrier, il écrit ses premiers poèmes en gardant son troupeau et retrouve, le soir, près du four-boulangerie d'Orihuela, quelques filles et garçons qui, comme lui, lisent la poésie. A vingt ans, ce sont les voyages à Madrid, les amitiés nouées avec les poètes, dont Lorca, et le premier livre, *Perito en lunas* (1933). Son second, *El rayo que non cesa*, paraît à la veille du coup d'Etat militaire contre la République espagnole (juillet

1936). Miguel, républicain, communiste, se bat sur le front, prend part notamment à la bataille de Teruel. *El hombre acecha* paraît en janvier 1939. Dans le climat de représailles qui suit la victoire franquiste en avril de la même année, Miguel Hernandez, venu à Orihuela voir sa femme et son fils tout petit, est pris, jugé et condamné à mort, peine commuée en trente ans d'incarcération. Il est traîné de prison en prison et, tuberculeux, atteint du typhus, meurt en mars 1942, à l'infirmerie de la prison d'Alicante.

Les Œuvres Complètes de Miguel Hernandez ont paru à Buenos Aires, en 1960 ; et à Madrid, en novembre 1976.

Traduit de l'anglais

Traduit du russe

DERNIÈRES PARUTIONS

126.	Octavio Paz	*Versant Est.*
127.	Guillaume Apollinaire	*Le Poète assassiné.*
128.	Cesare Pavese	*Travailler fatigue. La mort viendra et elle aura tes yeux.*
129.	Jules Laforgue	*Poésies complètes,* I.
130.	Jules Laforgue	*Poésies complètes,* II.
131.	Paul-Jean Toulet	*Les Contrerimes.*
132.	Paul Verlaine	*La Bonne Chanson. Jadis et naguère. Parallèlement.*
133.	André Pieyre de Mandiargues	*Le point où j'en suis.*
134.	Rabindranath Tagore	*Le Jardinier d'amour.*
135.	Francis Ponge	*Lyres.*
136.	Aloysius Bertrand	*Gaspard de la Nuit.*
137.	Aragon	*Le Crève-Cœur.*
138.	Novalis	*Les Disciples à Saïs. Hymnes à la Nuit.*
139.	Max Jacob	*Le laboratoire central.*
140.	Pier Paolo Pasolini	*Poésies 1953-1964.*
141.	Victor Hugo	*Odes et Ballades.*
142.	Francis Jammes	*Clairières dans le Ciel.*
143.	Alfred Jarry	*Gestes et opinions du Docteur Faustroll. L'Amour Absolu.*
144.	Antonio Machado	*Champs de Castille.*
145.	Alphonse de Lamartine	*Méditations poétiques.*
146.	Joë Bousquet	*La Connaissance du Soir.*
147.	Giuseppe Ungaretti	*Vie d'un homme.*
148.	Jacques Audiberti	*Des Tonnes de semence. Toujours.*
149.	Germain Nouveau	*La Doctrine de l'Amour.*
150.	Raymond Queneau	*Courir les rues. Battre la campagne. Fendre les flots.*
151.	Victor Hugo	*Les Orientales. Les Feuilles d'automne.*
152.	Pierre Reverdy	*Ferraille.*
153.	José-Maria de Heredia	*Les Trophées.*

154. Théophile Gautier — *Émaux et Camées.*
155. Ossip Mandelstam — *Tristia.*
156. *** — *Anthologie de la poésie chinoise classique.*
157. Paul Éluard — *Une leçon de morale.*
158. Yves Bonnefoy — *Poèmes.*
159. Giacomo Leopardi — *Canti.*
160. Max Jacob — *Derniers poèmes en vers et en prose.*
161. Edgar Poe — *Poèmes.*
162. Victor Hugo — *Les Chansons des rues et des bois.*
163. Émile Verhaeren — *Les Campagnes hallucinées. Les Villes tentaculaires.*
164. Pierre Mac Orlan — *Poésies documentaires complètes.*
165. François Malherbe — *Poésies.*
166. Alain Bosquet — *Sonnets pour une fin de siècle.*
167. Lorand Gaspar — *Sol absolu.*
168. *** — *Anthologie de la poésie française du XXe siècle.*
169. Victor Hugo — *Les Chants du crépuscule. Les Voix intérieures. Les Rayons et les Ombres.*
170. Maurice Fombeure — *Les étoiles brûlées.*
171. Emily Brontë — *Poèmes.*
172. François Pétrarque — *Canzoniere.*
173. Louise Labé — *Œuvres poétiques.*
174. Jules Romains — *La Vie unanime.*
175. Édouard Glissant — *Le sel noir.*
176. Jean Cocteau — *Vocabulaire. Plain-Chant.*
177. Claude Roy — *Sais-tu si nous sommes encore loin de la mer ?*
178. Marceline Desbordes-Valmore — *Poésies.*
179. Jean Follain — *Usage du temps.*

210.	Henri Michaux	*Ailleurs (Voyage en Grande Garabagne. Au pays de la Magie. Ici, Poddema).*
211.	Jean Tardieu	*L'accent grave et l'accent aigu.*
212.	Jean-Paul de Dadelsen	*Jonas.*
213.	Clément Marot	*L'Adolescence clémentine.*
214.	Fernando Pessoa	*Le Gardeur de troupeaux* et les autres poèmes d'Alberto Caeiro avec *Poésies d'Alvaro de Campos.*
215.	Georges Ribemont-Dessaignes	*Ecce Homo.*
216.	***	*Anthologie de la poésie française du* XVII*e siècle.*
217.	Henri Michaux	*La nuit remue.*
218.	Virgile	*Géorgiques.*
219.	Jules Supervielle	*La Fable du monde. Oublieuse mémoire.*
220.	André Frénaud	*Les Rois mages.*
221.	Jacques Réda	*Amen. Récitatif. La tourne.*
222.	Daniel Boulanger	*Retouches.*
223.	Alain Bosquet	*Un jour après la vie. Maître objet.*
224.	Henri Michaux	*Connaissance par les gouffres.*
225.	Boris Pasternak	*Ma sœur la vie* et autres poèmes.
226.	Georges Perros	*Une vie ordinaire.*
227.	Jacques Roubaud	*ε.*
228.	Henri Michaux	*Épreuves, exorcismes.*
229.	Georges Séféris	*Poèmes,* suivi de *Trois poèmes secrets.*
230.	Pierre Reverdy	*Plupart du temps.*
231.	***	*Chansonnier révolutionnaire.*
232.	***	*Anthologie de la poésie lyrique française des* XII*e et* XIII*e siècles.*
233.	Daniel Boulanger	*Tchadiennes.*

234.	René Char	*Éloge d'une Soupçonnée.*
235.	Henri Michaux	*La vie dans les plis.*
236.	Robert Sabatier	*Les châteaux de millions d'années.*
237.	Norge	*Poésies 1923-1988.*
238.	Octavio Paz	*Le feu de chaque jour.*
239.	Claude Roy	*À la lisière du temps.*
240.	Edmond Jabès	*Le Seuil Le Sable.*
241.	Pierre Louÿs	*Les Chansons de Bilitis.*
242.	Miguel Angel Asturias	*Poèmes indiens.*
243.	Georg Trakl	*Crépuscule et déclin.*
244.	Henri Michaux	*Misérable miracle.*
245.	Eugène Guillevic	*Étier* suivi de *Autres.*
246.	Adonis	*Mémoire du vent.*
247.	Max Jacob	*Poèmes de Morven le Gaëlique.*
248.	Dylan Thomas	*Vision et Prière.*
249.	***	*Chansons françaises de la Renaissance.*
250.	Eugenio Montale	*Poèmes choisis (1916-1980).*
251.	Herman Melville	*Poèmes de guerre.*
252.	André du Bouchet	*Dans la chaleur vacante.*
253.	Gaspara Stampa	*Poèmes.*
254.	Daniel Boulanger	*Intailles.*
255.	Martial	*Épigrammes.*
256.	Michel-Ange	*Poèmes.*
257.	John Donne	*Poèmes.*
258.	Henri Michaux	*Face aux verrous.*
259.	William Faulkner	*Le Faune de marbre. Un rameau vert.*
260.	Walt Whitman	*Poèmes.*
261.	Stéphane Mallarmé	*Poésies.*
262.	Yves Bonnefoy	*Rue Traversière.*
263.	***	*Anthologie de la poésie française du* XIX*e siècle*, II.
264.	Hugo von Hofmannsthal	*Lettre de Lord Chandos.*
265.	Paul Valéry	*Ego scriptor.*

266.	Goethe	*Élégie de Marienbad.*
267.	Lorand Gaspar	*Égée. Judée.*
268.	Jacques Réda	*Les Ruines de Paris.*
269.	Jude Stéfan	*À la Vieille Parque.*
270.	Rainer Maria Rilke	*Lettres à un jeune poète.*
271.	Pierre Torreilles	*Denudare.*
272.	Friedrich Hölderlin	*Odes. Élégies. Hymnes.*
273.	W.B. Yeats	*Quarante-cinq poèmes.*
274.	Bernard Noël	*La Chute des temps.*
275.	***	*Anthologie de la poésie russe.*
276.	André Chénier	*Poésies.*
277.	Philippe Jaccottet	*À la lumière d'hiver.*
278.	Daniel Boulanger	*Hôtel de l'image.*
279.	Charles Leconte de Lisle	*Poèmes antiques.*
280.	Alexandre Pouchkine	*Poésies.*
281.	Elizabeth Browning	*Sonnets portugais.*
282.	Henri Michaux	*L'infini turbulent.*
283.	Rainer Maria Rilke	*Élégies de Duino.*
284.	Maurice Blanchard	*Les Barricades mystérieuses.*
285.	Omar Khayam	*Rubayat.*
286.	Agrippa d'Aubigné	*Les Tragiques.*
287.	Jean Cassou	*Trente-trois sonnets composés au secret.*

Ce volume,
le deux cent quatre vingt huitième
de la collection Poésie,
a été achevé d'imprimer par
l'Imprimerie Bussière à Saint-Amand (Cher)
le 23 février 1995
Dépôt légal : février 1995.
Numéro d'imprimeur : 378.
ISBN 2-07-032831-7./Imprimé en France.

67211